# プライド・オブ・プレイス

森 まゆみ

みすず書房

# プライド・オブ・プレイス　目次

本書は『みすず』誌連載の「寺暮らし」（二〇〇二年七月号―二〇〇四年十二月号）二十二編に、この数年に書かれた四編を加え、新たに編集したものです。

# 働き方の倫理

仕事の締切がせまっていて、家族のために夕食が作れない。食事を作りはじめると、まとまりかけた構想がバラバラに散っていく。夜も九時近くなって、息子たちを「何か食べに行こ」と誘い、近くのイタリア料理屋へ行った。うちの食堂といってもいいくらい、よく利用している。勘定がすんで店を出ると、上の息子が、

「高いな」

といった。七九八〇円。三人でいくつか前菜と、ピザとスパゲティとサラダと私はグラスワイン、連中はアイスクリームを食べてこの値段だから、私は心中「安いな」と思ったのである。都心に出れば、割り勘で一人八千円払うこともなくはない。

「俺たちは松屋かてんやで十分なのに、おいしいものじゃなきゃ食べない、ってそういう姿勢がいやなんだ」

と下の息子もいう。松屋のカレーは二百九十円、てんやの天丼は四百九十円。私はがっかりした。作ってやれないから、せめておいしい店で栄養をつけてやりたい、と奮発したのになあ。でも自分が彼らの年頃にはたしかにお金がなくて、大学構内のスタンドで、あんパンをコーヒー牛乳で流しこんでいたりしたのだった。

別のことを思い出す。父がたまに家族旅行に連れていってくれたとき、ニジマスを釣り放題食べ放題にしたり、十五分で三千円のジェット船を貸し切りにしたり、一人三千円でヘリコプターの遊覧飛行に乗せてくれたりした。私は心の中で「高い」、とこの無駄遣いを非難しつづけていた。たまのことだから子どもにおいしいものを食べさせたい、珍しい経験をさせたい、と張り込んだ親の思いは完全に裏目に出た。家族旅行ごっこに腹が立つ、反抗的な年齢だったのかもしれない。いまになってわかっても遅い。

「アーア、親の心子知らずだね」と一人ごとを言いながらも、夕食に七九八〇円を払う私に反発する息子たちは健全だと思ったりする。

テレビをつけると、スポーツ選手や芸能人といった高額所得者の感覚だけで物事が進行する。「新庄はメジャーでたった二千万しかもらってないのにあの活躍ぶり」などといわれると、どこに地道に二千万稼いでいる奴がいるかよ、と腹が立つ。「類いまれなる無知」のおかげで起用されているとしか思えない女優の卵が、クイズでまぐれで三百万の車を当てたりする。こういう番組を見ていると、まじめに働くのがバカらしくなり、一発当てることしか考えなくなるのではないか、と笑っている子どもたちを横目で見る。

アフガンの裏番組は大食いショー

笑えない卓抜な川柳が新聞に出ていた。

写真家・星野博美さんの『銭湯の女神』に、彼女のお母さんの忘れられない言葉がある。

「銭湯に通う人は真面目だよ」

星野さんも、三十代半ばにしてアパートに暮らし、毎日銭湯に通い、ファミレスで百八十円のコーヒーをお代わりしつづけている人だ。何かを得るには何かを捨てなくてはいけない。仕事でも暮らしでも、自分に嘘をつかないためには風呂のある部屋に住む余裕がない。風呂のある部屋に住んでいる私には、そういうまじめな生き方がまぶしくうらやましい。そして夜遅くたまに行く銭湯で会う人はみんな、たしかにまじめ。

夜中じゅうバッタンバッタン印刷機を動かして新しく来た住民に不当な苦情をいわれているお兄ちゃんは、今日も桶をかかえて世界湯まで歩く。あんなに働いたらもっとお金持ちになってもいいと思うのに。本屋のおじさんは、宮の湯の帰りに「木曽路」で一杯やるのがたのしみらしい。いつも桶を持ってカウンターに座る。この前「お背中流しましょう」と来てくれた煙草屋のおかみさんは、旦那とともに地上げ屋に抗して追い出しに負けず、裁判に勝って三階建てに自力改築した。

そういう町のつましい風景を見馴れていると、仕事関係の少し金回りのよい人たちの会話にさえ違和感がある。「デヴィ夫人はパリにもバリにも別荘を持っているんだって」「いまのトレンドは常盤貴子もはいてるトッズの靴。キテるよね」「西麻布のイタリアンがイケるヌーベルシノワーズになったでしょ」なんて話を聞くと、いやーな気分になる。

一方、毎日おいしいものを食べ、毎日目新しいことに出会い、しょっちゅう海外へ行って、苦痛やしょうもない繰り返しがない人生が、はたしてバラ色なのか。生活が単調で平凡でつまんないからこそ、ごくたまにいいことがあるとうれしいものなのに。

星野博美さんのお父さんの一言も忘れられない。百円ショップでプラスチックの健康青竹を買って見せたら「型を作った奴には一体いくら入るんだろう?」といったそうである。安い、と喜んで買うのも庶民なら、百円の中でモノを作らされているのも庶民なのである。町工場の主人であるお父さんは、いつもモノを〝鋳型をつくる人〟の側から見ている。

私も町で小さな雑誌をつくるようになってから、本や雑誌、いや商品一つ一つを「原価はいくらかな」と見るくせがついた。一部二部を雨のなか配達するつらさを知ったから、新聞の集金の青年が来ると必ずその場ですぐ払う。

前の夫の家は、北海道の林業家で、昔は木を伐り出して売る仕事をしていたが、住宅不況でさっぱり売れず、木を伐るのをやめて苗畑作業に転じた。自治体緑化、すなわち木を育てて公園や街路に植えるわけだが、義兄はいつも嘆いていた。「ぼくらが三年かけて育てた樹が一本三千円さ、それが造園業者の手に渡り、自治体へ納めるときは一本三万円になる。モノを横から横に流すだけで生産者価格の十倍になる」

義兄は大学院で金属工学を学び、東京の会社の技術職としていくつか発明もしたのだが、故郷に戻って家業をついだ。サラリーマンの時は華奢に見えたが、いまは日焼けして筋肉がついて〝男の中の男〟といったふうになった。

東京でも次々と妙なポケットパークができる。不忍池のほとりでも、せっかくあった雑木を伐って灌木と石で空々しい「庭園」ができると、はて、この木はどこから来たものか、育てた人にはいくら払われたのか、気になってたまらない。大方、造園業者ばかりがもうけたのであろう。

東京下町ではやっている稲荷寿司の店を取材したことがある。豆腐を薄く切り、揚げたものを半分に切り、中空を袋状にして甘辛く煮、酢めしをつめたのがおいなりさん、狐が揚げを好きで、「伊勢屋稲荷に犬の糞」といわれたくらい、東京に多かった祠に供えられたことから「いなり」と呼ばれた。

片手でつまめるので、手を放せない人びとの小腹を満たすのに重宝された。たとえば、職人たちの夜食に、会社の残業用に、さらに観劇中の客のために。その店はそんな客で栄えた店で、いまも一個百円の稲荷寿司を売る。

それなりに手をかけ、まじめに作られた稲荷寿司で、コンビニの大量生産のいなりが、皮もペラペラで妙に甘いのとはちがう。おいしかった。しかし私は別の朝、そこの揚げをつくる豆腐店を取材して、主人に揚げの卸値を聞いてちょっと憤激した。稲荷寿司用の特別の大きさの薄い豆腐を早朝からキツネ色に揚げ、その中を破かずに開けるように特別な機械で空気を入れて、一枚すなわち稲荷寿司二つ分、十三・五円、もう二十年、上がっていないという。私が町の豆腐屋で揚げを買うと一枚は七十円するのに。

「飲み屋さんなどに卸すときは四十円くらいですかね。それが稲荷用は十三・五円。ビタ一文上がりません。あまりいうと、出入りの豆腐屋はもう一軒あって、ならそっちへ頼むよということになる。ときどき奥さんが来て、やんわり苦情をいわれます。ま、私ら夫婦の仲人ですしね。しかたありませんわ」

豆腐屋さんは一つも悪口をいわなかったが、老舗というものが、どのように下請を牛耳るかの手管が手に取るようにわかった。下請は複数使って競わせること。たまに現場を見て下請を緊張させること。経済外的な義理人情でしばること。うまいことやるもんだなあ、と思った。逆にそのくらい厳しくしないと老舗も生きのびていけない。いやかしこく生きのびて百年経つからこそ老舗というんだろう。

それでも老舗とよばれる店を取材するたび、おかみさんが上下ブランドずくめで、アクセサリーじゃらじゃらつけて、ぜいたくしているのを見ると、うんざりする。彼女がうそぶくに「もうけを従業員に分けてやりたいけど、いったん甘くすると不況になったら払えないから」。そんな理由で職人や店員の給料はじつに低く押えられている。

とにかく今の日本は農民であれ職人であれ、マジメにモノをつくる人たちに日の当たる世の中ではない。

それでも、町で話を聞いていると、モノを横から横へ流している商人より、作っている職人や町工場のおやじさんの方が、ずっと人間が面白く活き活きしている。どう売るかよりどう作るかの方が面白いのは当り前だ。その方が工夫や達成感があるのも当り前だ。

天プラ屋や蒲焼屋へ行くと、作って売る主人、いわゆるオーナーシェフがいて、たとえばウナギの蒲焼でも、材料の仕入れ、割くこと、串を打つこと、荒焼き、蒸し、焼きといったいくつもの工程に一つ一つ芸がある。そのうえ、それをどんな器に盛り、どんな酒と合せるかの売りの苦心もあって、話が深味を増す。

私たち自身、小さな雑誌をこしらえて十八年売ってきた。企画、取材、原稿書き、校正、版下づくり、ロゴやカット書きといった雑誌を作る仕事と、広告取り、配達、拡販、集金、帳簿つけという売る仕事、双方、面白く工夫がいる。働き手三人で有限会社を作り、誰かが誰かを搾取してもいない。一人一人、分担した仕事を期限に終らせないと、すぐに経営はいきづまる。だから自己責任でせっせと働く。

そんな話を大会社の管理職にすると、「それはじつに高貴な働き方だね。うちなんか、社員の二割は仕事ができる、五割はそこそこ、三割はどう怠けるかばかり考えて足をひっぱる。だいたいどこの会社もそうだというよ」

と嘆じた。それで給料が同じならよく働く人は浮かばれない。とはいえ、世の中は不公平で、怠け者から先にリストラされるわけでもない。能力が高くても上司とそりが合わずリストラ対象になる人もいるし、能力も低く、働く気もないのに高給を取りつづける人もいる。まあ他人のことはいい。「やりたい仕事をやってレベルを落とさず楽しく暮らす」。そんな誇りだけは持ちつづけていこう。

# あゝ上野駅、大変身

おっどろいたナー、上野駅には。くたびれた老女が妙齢の美女に大変身。なんて言い方は微妙に問題ありかしら。

今年の二月以来である。そのときはあちこち足場を組んで工事中だった。この駅は一九三二（昭和七）年に出来たときは東洋一の駅舎とさわがれた。正面は浅草に向いていて、スロープを上って乗る客は二階から入る。降りた客は一階から出て円タクを拾う。乗降客の動線を分けたところがミソだった。

しかしその後、時代がたつにつれ、一階はトラックの入る流通用出口になってしまったし、いつでも駅前はなんかしら工事中。昭和通りには高速道路が通り、新幹線の地下駅はできるし、ペデストリアンデッキなる横断通路はできるしと、昭和初期のすっきりしたモダニズムの駅が、わけのわからないつぎはぎだらけの迷路空間になってしまっていた。

今日行ってみたら、浅草口の偉容はライトアップで輝いていた。入口の古い大好きな門灯はそのまま、胸がキュンとするような光を放っている。しかし入口右手にはインターネットカフェができ、ガラスごしに外国人がパソコンを前に鈴なりなのが見える。左手はかの有名なハードロックカフェ。右奥は旧貴賓室を改造して、フランス料理のレカンになっていた。

入ると天井の高い四角いコンコース。昔、上野動物園に中国からパンダが送られてきたころ、ここにガラスケース入り巨大パンダの像がおかれ、スキーに行くときなど待ち合わせの目印にしていたが、それはない。あれも時代の象徴だったなあ。殺風景なコンコースは壁もまっ白に塗り直され、二階にエスカレーターがのびている。上がっていくと、高い天井いっぱいの窓のはりに、上野の夜景がシュールにたわんで見えた。二階も左右に、寿司屋、回転飲茶、豆腐料理その他、飲食店がぎっしり。

今日はいちばん奥、窓から駅前の丸井が見えるタイ料理のコカレストランに入った。天井が高い。ロフトみたいに配管がむき出しで、ぶるんぶるんとレトロな扇風機が回っている。壁は薄緑色のペンキに塗られている。この建物が建った昭和七年の雰囲気を生かして、少しだけアジアで味つけ。若い人がきびきびと立ち働く厨房が見える。空心菜の炒めもの、春雨の辛いサラダ、生春巻に、エビやイカ、鶏肉に野菜を入れたタイすきを辛いたれにつけ、地域雑誌の仲間、女三人ハアハアいってビールを飲む。今日は雑誌のできた打上げだ。残った汁に麺を入れて何杯もおかわりした。

バンコクに来てるみたい、得した気分だ。五時に入るときは空いていたのに、七時前に店を出るときは入口に長い列ができていた。

へエー、面白いと三人で上野駅探検をはじめる。階段の木の手すりや赤帽室はそのままだ。上野駅は東京でただ一つの終着駅といっていい。常盤線や東北方面への夜行が到着する、突っ込み式のホームがある。そこにつながるコンコースも、前は単に駅の機能である切符売場と旅行者のための土産物店、飲みものや雑誌を売る売店くらいしかなかったのが、なんと、みどりの窓口を右にぐっと縮小して、大半しゃれたショップになっている。弁当、惣菜、アイスクリーム、パン、洋菓子。旅に出る人のみならず家路を急ぐ人のためにも。

その脇に細い通路があって、そこを入るとこんどは中国やアフリカのグッズを売る店、書店、サザビーにスターバックスなどのブランド店が集まっている。食券で買うおかゆの店があって、上海麵の店があって、外に出たらあらら上野山下……。

十二年前、バブル経済のころ、この昭和モダニズムの上野駅も老朽化と迷宮化がすすんだとして、JR東日本は磯崎新設計、地上六十七階、三十四・七メートルの日本一高いガラスビルにする計画を発表した。中には六万平方メートルのデパートと九百七十六室のホテルと七百五十台分の駐車場が入るはずだった。その設計図も模型もちっともいいと思えなかった。高級ホテルやデパートが上野駅にふさわしいとは思えない。はやりのアトリウムも。

ここは東北からの玄関口。明治十六年創業。

ふるさとの訛なつかし
停車場の人ごみの中に
そを聴きにゆく

と岩手渋民村の詩人石川啄木はうたった。

トップトップと汽車は出てゆく
汽車はつくつく
あかり点くころ

北国の雪をつもらせ
つかれて熱い息をつく汽車である
（「上野ステエション」）

と金沢の詩人室生犀星はふるさとの雪の匂いを嗅いだ。都会に負けたら早く帰ろうと。

上野についたら
酒さのむべ
づけさやるべ

と戦後、花巻郊外に自己流鏑した江戸っ子高村光太郎は、「餓鬼」となって上野へ向った。

身売り、出稼ぎ、出征、闇市、浮浪児から金の卵の出世列車まで、上野駅には開業百年以上の記憶がしみついている。だからこそ、上野駅はオイラの心の駅だァーと私たちは超高層化に反対した。

「上野駅こそ、徹底した終着駅の姿をパフォーマンスとして残すべきです」「上野駅を壊す前に、戦後デパート駅舎のさきがけ、東京駅の八重洲駅ビルをまず壊したらいい」「駅から森が見える駅をつくりたい」「一本の超高層にするよりせめて二本のツインタワーにした方がいい」「上野駅に着くとほっとする、その気持をこわさないでほしい」「東北の木、秋田杉や青森ひばで木造に建て替えたら」

そんな声が寄せられた。でもみんな、建て替え自体はこの経済の勢いではしかたがないかも、とも思っていた。

反対運動が成功したわけではない。バブル経済の崩壊で、JR東日本のこの改築計画は自然死してしまったらしい。そして今回むしろラビリンス（迷宮）性を活かしたまま、時代の流れに合せたりリニューアルが行なわれたわけである。

地下食堂辺の猥雑なおしっこくさい部分はすっかり払拭された。それはちょっと残念な気もするけれど。ノスタルジックな部分を活かしつつ、清潔で分かりやすいサイン計画がなされた。建て替えるにしてもピカピカの超高層じゃなく、アジアの路地やバザールのような駅がいいと思っていた私にはまさにうれしい、楽しい駅になった。だが、建て直すことなくこれほど改造できるなんて思いつかなかった。デザイナーは誰かしら、まったくうまくやったものだ。

不忍口へ回ってみる。もとは自衛隊の勧誘と手配師がウロウロしていたが、いまや恋人たちの待ち合わせ場所である。私ならここに渋谷のハチ公ならぬ、金色の小さなティンカーベルの像を置くのに。「星に願いを」。夜、二人で夢のようなときが過ごせますように。そこから正面奥の猪熊弦一郎の壁画が見えて美しい。東北の文物を描いたものだというが、コンコースの反対側の絵は相当以前に撤去されてしまった。埃をかぶっていた絵もやや汚れがとれたように見える。

また不忍口から入っていく。北海道へ向う夜行列車、北斗星の発着を告げるアナウンス。なんとドラマチックな旅情あふれる空間だろう。

その昔、山形は鶴岡から帰る母と弟を迎えにきたときのことを思い出す。母は養女であるが、本家の一人娘だったので、生まれて半年の弟をつれて、親戚の法事に寝台列車で往復したのだった。帰りの汽車は、文字通り雪をのせ、白い湯気を吐いていた。弟をねんねこで背負った母が降りてくるのを、父の手を握ってどきどき待っていたことを鮮明に思い出した。

上野駅は私にも心の駅なのらしい。

ただ、駅がこれほどアミューズメントパーク化した以上、上野広小路はじめ周辺の盛り場がどうなるのか心配だ。そうでなくとも中央通りは一階に銀行や信用金庫が多く、三時をすぎるとシャッター通りになる。正面に上野の山という緑のアイストップを持つという有利な条件を持ちながら、上野の商店街や観光連盟は既得権に依存し、まわりに気がねして、いままで新しい展開ができないできた。下町特有の地域ボスたちが、役所や議員とつるんで隠然とした支配をつづけていた。

なんとかしなけりゃいけない、という問題意識をもつ地元の商人たちも多く知っているので、飲食も物販もすべてを駅構内で完結してしまうようなリニューアルを素直に喜んではいけないような気が一瞬はしたのである。しかしこれが刺激になって、付ける薬のないご老体はともかく、上野の若旦那たちが発奮してくれれば……。

どんなトレンディな現代建築も古びるのは早い。

しかしもともと古い建物はむしろ古びない。

よかったねえ、上野駅。あんた、まだまだ生きのびられるよ。

ビール好きの仕事仲間たちと、さらにアイリッシュビールを立ち飲みしようと迷走する階段を上っていく。店内は背広姿のサラリーマンで立錐の余地もない。女はほとんどいない。なんだかイギリスのパブみたいだね。

あきらめて出ると、おやおやパンダさん、ここにいたのか。まるで難民みたいですね。そうつぶやいてドキンとした。そこから上野の杜へつづく広い歩道橋上に、ズックかばんをかかえた路上生活者がズラリと座っている。まるで居場所を探すように。きっと昼間は炎天下だろう。でもリニューアルされた駅構内に彼らの居場所はない。

十年前、よく取材に来ていたとき、必ず会う目の悪い老人がいた。出稼ぎに来て、山谷のドヤにはまり込んで体をこわしたあげく、家族に忌避され、故郷に帰れなくなった人だった。ああやって半日駅にいるのよね、と売店のおばちゃんはあごで指した。これからはああいう人たちはいられないのではないか、そう思ったとき、私の楽しい気分は急速にしぼんでいった。

# 動坂食堂にて

突然、歯が痛くなって、父の医院に行く。

七十五歳になる父が、相変わらず白衣を着て、晩酌のビールで少し出たお腹をして、患者さんに冗談をいいながら診察している。会社員ならとうに定年をすぎた年だけれど、何はともあれ朗らかに働きつづけているのはうれしい。

治療のあとは何も食べない方がいいが、お昼近くだし、考えてみたら朝ごはんも食べていないので、つい懐かしくて隣の動坂食堂に入った。私が生れたときからある。十一時五十分というのに相席だ。

陶器の茶わんに茶をついで持ってきた三角巾のお姉さんが、「ご注文がお決まりになったらおよびください」という。そういったって迷うのだ。今日の定食は、鳥のカラ揚げ、ウナ丼、ヒレカツ、ニラ玉、金目鯛の煮つけ、アオイカの刺身、ブタ肉のしょうが焼き、天プラ盛り合せ、なんと十種類もある。

見渡すと、ブタ肉のしょうが焼きを食べている人が多い。新聞を広げているおじいさん、リュックを抱えた学生、親子づれ、夫婦づれ、腰にペンチをぶらさげ、頭にタオルを巻いた地下足袋のお兄ちゃんたちも次々入ってくる。夫婦づれは向うで昼間っからビールをやってる。あ、夫婦ではないかも。学生は口をあけて箸を止めたままテレビを見上げている。

家では揚げ物をまず作らないから、奮発してヒレカツを頼んだ。九百五十円。これと金目鯛千五十円がいちばん高くて、あとはみな七百円台。

肉体労働のお兄ちゃんたちは、その上に、卵、のり、おひたし、納豆、マグロの山かけ、ウインナ、オムレツ、レバニラなどの単品サイドメニューを追加している。炎天下で働くにはそれくらい食べなくちゃあ。この可変的、自在に組み合せられる、というところがすごい。

来た来た。大きな皿にヒレカツが五つ、キャベツのせん切り、マカロニサラダ、赤いトマトが付き、お新香と、今日はアサリの味噌汁だ。しまった、ご飯を半ライスといえばよかった。どんぶりに白く光るご飯は、残すのが惜しいほどおいしい。もちろんヒレカツ、おいしい。

しかしどうやって、この百種ちかいメニューを作るんだろう、と私は店の壁に張りめぐらされた紙をながめた。クジラの刺身、アオヤギのぬた、ゴーヤとカルビの炒め、芽かぶこんぶ、サバの塩焼。ちょっとそそられる。こんどは夕方に誰かと来て、これでビールを飲もう、と考える。

町のふつうの食堂が好きだ。昼ごはんをここで食べながら、まわりのメニューを見渡すと、子どもたちのために作る今日の夕食のイメージが湧く。ことに気ばらない、家にも材料が転がっていそうな、でも体によさそうなものばかり。イカと玉ネギのあえもの、水菜と油揚げの煮物、冷ややっこ、ワカメとキュウリの酢のもの、あと鶏肉でも焼いてやろう、と、メニューが決まるとホッとして食がすすむ。

向うの厨房では、白いTシャツの男たちが、立ち働く。中華鍋をごとごと返す音がする。煮物のにおい、揚げ物のにおい。白い三角巾のお姉さんは客席の間を泳ぐ。見るとランニングシューズをはいている。一日の立ち仕事だものね。相席よろしいですか、と聞かれたのをしおに立ち上がる。長居は無用、いや迷惑だ。

十八年間、町の店の栄枯盛衰を見てきた。地域雑誌に広告をくれた店、雑誌を置いて売ってくれた店でもずいぶん、なくなってしまった。

閉店の理由で多いのは主人の高齢化。二に主人の人柄と技術のまずさ、三に場所の悪さが挙げられる。

店主の高齢化や死去による閉店は、しかたがないかもしれない。バブルのころは、地価二千万のところでキャラメル一つ百円、コーヒー一杯四百円の商売では立ちゆかず、土地を地上げ屋に売っていく店が多かった。おもちゃ屋、布団屋、下着屋、メガネ屋、糸屋、ボタン屋、毛糸屋、なんて商売も少しずつ町から消えていった。いまどき、おもちゃはデパートで買う。布団や下着は通販で、メガネはディスカウントショップで買う。女性が外に仕事を持つのが普通になってから、縫ったり、つくろったり、手芸をしたり、編んだりする人はほとんどいなくなってしまった。

私が子どものころの「ミセス」や「マダム」といった女性雑誌には、誰がするんだろうと思うような細かい刺繡のクッションや、レース編みの作り方が載っていたものだが、思えばあれは壮大な暇つぶしだったのだろう。いま、専業で主婦をやっていられる女性は町にもほんとに少ないし、たとえそれが許されても子どもさえ大きくなれば、たいていボランティアかカルチャーセンターに行ってしまう。

生活用品よりは、食品と飲食の店の方がはるかに強いが、それでも消長ははげしい。

二番めの「人柄と技術」というのも問題だ。悪い人じゃないと思っても暗い主人、ぐちっぽい主人、噂話の好きな主人、見境いなく話しかける主人、気の弱そうな主人の店はは やらない。いい人なんだけど何で食べ物屋やってるの、というほど料理のへたな人もいる。客は、一度、おいしくない、とか接客態度が悪い、と感じると二度と行かないものなのだ。

立地条件というのもあるもので、さすがに駅前や学校の前、大病院の門前は、多少味が悪くて主人が因業でも客がいる。かと思うと、「元すり横丁」「倒産通り」といって、投資した分が回収できないほど、何をやってもだめな通りがある。どういうものか、何代かわってもつづかない。二十年近くこの町を見つづけているので、また新装開店ののぼりが立っていると、事前に相談してくれれば、あそこで商売はやめときな、というのにと思う。

第四に、主人がギャンブルや不動産（ときに女性）に手を出して、商売以外のところで破綻していく店というのもけっこう多いものだ。

繁盛している店の第一のタイプは、百年を越えた老舗で、そこにしかないものを扱い、遠くまで顧客を持っている店。私の家の近くでいえば菊見せんべい、羽二重団子、笹の雪、湯島のシンスケ、洋食香味屋、とんかつ双葉、などがある。それでも四十年前のグルメガイドのような本を手に入れると、戦後までつづいた名店でも、いまではずいぶん消えてしまった。老舗で客も多いからおいしいとは限らない。あぐらをかいて駄目になってしまう店というのも多いのである。

繁盛している第二は、比較的最近できたが、マスコミにまんまと乗った店。そこでしか食べられない料理が一つ二つある、建物が由緒あるとさらに強い。しかしこうした店はどんどん値段が上がり、逆比例して味は悪くなることが多い。奇抜なインテリアとか、女性誌が気に入りそうな超スノッブな店は流行るのも早いが、人気がかげるのも早い。目新しいものが好きな業界人が話の種に一度行ってみるだけである。

神楽坂でそのような奇抜なインテリアと器の居酒屋に行った。店を出たとたん、同行者が「おひたし一つまともに作れないくせに」と精確な感想を述べたので、笑ってしまった。すべて凝っていたが、すべてまずかった。まあ二度行く気はしないわね。

町で繁盛している第三のタイプは、さりげなく、ずっと変わらぬ味で、欲をかかずに安く、感じよく提供しつづけている店である。たとえば根津の芋甚のアイスクリーム、柳屋の鯛焼き、泰平軒のラーメン、動坂食堂のしょうが焼き定食、兆徳の鳥そば、呑喜のおでん、いなほのおにぎり、などはいつ行っても同じような値段で、味が安定していて、店主の笑顔をみれば気持がなごむ。いやなことをいわれ、気にさわる応対をされる気づかいはない。客にもまず嫌な人はいない。店が自然と客を選ぶからである。

「あそこは味が落ちた」「手抜きが目立つ」「厨房が汚い」「新しいお姉ちゃんが感じわるい」といったことはすぐ口コミで伝わっていく。最近こわいことにインターネットへの書き込みで、客からみた店の最新情況が分かってしまう。顧客側からの評価が共有されるのは大切なことだけど、ときに悪意の書き込みもなくはない。

もう一つ面白いのは、その人と行くとなんだか名店になってしまう、という人がいる。つまり、客のテンションが店に反映して、主人も張り切り、それを楽しく食べる力のある人。知り合いで一人あげればアラーキー。『人町』という写文集のために荒木経惟さんと谷中を歩いた一年間、何を食べてもおいしかった。アラーキーが店に入ったとたん、店がぴっと輝く。「お、名店だね」とまず一言。「お兄さんビール一本ね」。餃子が来ても、レバニラが来ても、「お、名作！」とパクパク食べてしまう。「いやー、うまいなあ」。これで女性たちもいい気持ちにさせてるんだな、と極意をかいまみる思い。帰りがけには店主に握手を求められ、アラキッス♡とかサインしてる。いや、名店だった、と思って別の日に別の人と行くと、何てことのない店なのである。アラーキーはホント不思議な人。

温泉については「湯に貴賤なし」という名言があるが、私の気分は「遠くの名店より近くの凡店」だ。メディアで撒きちらされるグルメ情報に頼って話のタネに一回だけ行くよりは、近くにあるさりげないなじみの店を大切にしたい。すべてのメニューがおいしいことはそうなくて、得意のメニューがあるはずで、それはやはり何度か行かないと分からない。「凡店」ということは地道に商いを飽きないでつづけているということだ。

本郷のそんな店で一人昼食を食べて満足して出てきたら、バス停にこれも歯医者の弟がいた。いまどき何やってんの、というと「保険診療のカルテを届けた帰り。バスがなかなか来なくてさ」という。道は渋滞。おじいさんとおばあさんの長い列。あんたの稼ぎからすればタクシーくらい乗れるだろうに。じっとバスを待ってる四十歳の弟が、地道でかわいく思えた。

煙草の火つけたとたんにバスが来る　　志ん生

## 矢切の渡し——伊藤左千夫のこと

伊藤左千夫の『野菊の墓』を中学生のころに文庫で読んで、主人公の民さんの美しい横顔がずっと心に残っていた。たいていの近代小説がそうであるように、政夫の方はあんまりに煮え切らなくて、親のいうなりで、好きな女を守り獲得する強い意志に欠け、ふがいない。『浮雲』もそうだし『舞姫』もそうである。

「僕の家というのは、松戸から二里許り下って、矢切の渡を東へ渡り、小高い岡の上でやはり矢切村と云ってる所。矢切の斎藤と云えば、此界隈での旧家で、里見の崩れが二三人ここへ落ちて百姓になった内の一人が斎藤と云ったのだと祖父から聞いて居る」

もう二十年も昔、ようやく歩きはじめたばかりの娘をつれて、日曜日に柴又へ出かけたことがあった。夫はあまり文化的なことに興味がなくて、休みの日も忙しがった。その日はようやく、親子三人の幸せな休日だったはずなのに、渥美清の寅さんで有名になった門前町をひやかすでもなく、夫はすたすたと通りぬけて、あとは河川敷の草野球を寝ころがって眺めては、ストライクとかアウトとかつぶやいている。

この先に渡しがあって、「渡ると野菊の墓の舞台らしいよ」とそれとなく提案しても、「もういいよ、帰ろう」というので、草団子を一折買ったなり味気なく帰ってきた。

そんなことを思い出しながら金町から柴又へ京成電車を乗り換える。「ポケットに名作を」というＮＨＫの番組で『野菊の墓』をたずねる役をやりませんか、という誘いにすぐ乗ったのは、二十年前に行けなかった恨みかもしれない。駅前にはトランクをさげた寅さんの、似てるような似てないような茶褐色の銅像がある。なんとなくのどかな空間の町。稲荷や地蔵が建物の間にはさまってる町。そこから一気に河川敷へ向う。

十月半ばであるが野菊はなくてコスモスがゆれている。渡しの船着場は二本の樹がまるで屋根のように木陰をつくって気持よい。九時半。土産物を売る人が店を広げはじめた。木の桟橋から白木の船に乗る。船頭の杉浦正男さんは三代目、という。ちぎれ雲一つなく、水面がキラキラ光る。

「今日は静かでいいワ。冬は風がひどくてさ。この前の台風で水かさは増えたけど、また減っちゃった。昔は向う岸で百姓をやってたんだが、あの辺の百姓が交代で船頭してたのがうちだけになって、百姓はやめちまって。川の管理は国土交通省っての、あそこに何すんでもお伺いをたてなきゃいけないから大変だよ」

船は松戸の奥で、樫と椎の櫓は尾道で作っている。元の桟橋が台風で流され、金もないんで自分で直した、という矢切側の桟橋まで五分ほど。ウミウが羽を干している。江戸時代、入鉄砲、出女といった関所破りは磔となるほど厳しく取り締られたが、両岸に田畑をもつ農民の行き来は自由だった。近代以降は地元民の足とした渡しが定着したと史跡板にある。細川たかし書「矢切の渡し」の碑もあって、耳元で「連れて逃げてーよー」というあの歌が鳴ったようだった。

「僕は小学校を卒業した許りで十五歳、月を数えると十三歳何ケ月という頃、民子は十七だけれどそれも生れが晩いから、十五と少しにしかならない。痩せぎすであったけれども顔は丸い方で、透き徹るほど白い皮膚に紅味をおんだ、誠に光沢の好い児であった」

二人は親戚筋で、民子の方が二つ上。満でいうと十五歳と十三歳、中学生である。筒井筒というような幼なじみで、なんとなく好き合っているのが、母の言葉で愛情が意識化される。「母に叱られた頃から、僕の胸の中にも小さな恋の卵が幾個《いくつ》か湧きそめて」ということらしい。母は二人を可愛がるが、意地悪な嫂や作女が、二人の幼い恋の邪魔立てをする。

ネギ畑を越え、里山ともいうべき崖線《がいせん》に出た。坂を降ってゆくと右手に真言宗の西蓮寺《さいれんじ》がある。この寺は物語には出てくるわけではないが、二人が離れた山畑に綿つみに行く日、口さがない村の人びとを避けて、待ち合せをした場所に近い。

「二人揃うてゆくも人前恥かしく、急いで村を通抜けようとの考えから、僕は一足先になって出掛ける。村はずれの坂の降口の大きな銀杏の樹の根で民子のくるのを待った」

住職を城光寺さんという。にこやかな威張らないお坊さんであった。

「うちの寺は元和二年に、外山捨八という二百石取りの旗本が建てたんです。外山家はこのあたり一帯を知行地としており、たび度なる水害から治水や土地改良も手がけました」

その人の子孫が『新体詩抄』を著わした、山外《ちゆざん》山正一だそうである。

「銀杏はいまの庫裏《くり》の玄関のところにありました。当時は寺と社がいっしょになっていたので社務所のそばでした。かなりの老木になって危いので、建て直すときに伐ってしまいましたが、そう大人で三人がかりくらい、太かったですよ。いまは根を分けて、一つは社に、一つは磨いて室内にあります」

城光寺さんによると、この辺りは昔、谷切、といって台地が谷に切れる所、ヤキリと呼んだ。ヤギリと濁るようになったのは細川たかし以降ではないかという。

境内には『野菊の墓』の一節が刻まれた碑があった。

お寺はみんなの集まる場、として石碑の周辺を公開しておられるが、次々来る見学客は「何かこの辺りのこと分かるパンフレットありませんか」と無償のサービスを求めてゆく。日本の観光とは、こうして金も落とさないのに客気分だけは味わうもののようだ。自治体とか地元の観光連盟などが、美々しいカラーの地図やパンフレットを長年、タダで配りつけてきたせいもあろう。情報や知識がタダで得られることにすっかり慣れてしまったのである。

こうした観光客が、旅行業者の「世界遺産が八つ見られる」「十見られる」という言葉に踊らされてツアーに参加し、その世界遺産を生みだした民族の文化に思いを馳せることもなく、それを守ってきた住民への敬意もなく、ただガサガサと見て回り、「タダのパンフありませんか」を世界中でやっているかと思うと困ったものである。

見学客の一群がすぎると、住職は、昔のままのところがありますよ、と崖線へ案内してくださった。けものみち、と呼んでますが、と入口を探し、林の中へ入っていく。

「高くもないけど道のない所をゆくのであるから、笹原を押分け樹の根につかまり、崖を攀《よ》ずる。屢《しばしば》民子の手を掛《と》って曳いてやる」

そのままだ。おそらく、河川敷が水原であった太古も、この高台ぞいに生えていたであろうタブやシイの植生がそのままにある。ときどき、矢切の渡しに乗って対岸にソバを食べにいくんですよ、というよく笑う愉快な住職にお礼をいって別れた。

市川に左千夫の親戚、姪の娘にあたる大木千恵子さんを訪ねる。

「左千夫のところは男の子は育たず、女の子はみんな育って、私は五女の由伎《ゆえ》さんと仲良くしてました。左千夫が大正三年に五十歳で亡くなったとき、まだ妻のおとくさんのお腹の中に子どもがいたんだから、苦労したのはとくさんでしょ。私は茅場町のおばさんと呼んでましたが、孫を背負ってうちの母のとこへ来たのは覚えています。寛容でおっとりした人でした。

民子のモデルはこれも左千夫の親戚筋の伊藤光《みつ》さんと思います。お父さんがいちばん好きだったのはあの人だと、お母さんから由伎さんは聞いたそうです。光さんはきれいで頭が良くて学校の先生になろうとしたらしいけど、川島という旧家の金貸しに嫁に行かされた。子どもができなくて養子をとりましたが、長生きした点は物語とはちがいます。まあ大した厳しい人で、障子の桟を簪《かんざし》でこうやってほこりをすくった、とはお嫁さんの話です」

大木さんは社会教育主事をつとめるかたわら、左千夫の生家に通い、コピーもないころで資料を筆写しながら研究したという。

「左千夫は小説の登場人物に縁者の名をつけちゃうので、『守の家』という小説のまつは私の母まつを取ったんじゃないかしら」「親孝行で必ずお母さんにいま帰ったよ、と大福餅を買ってきた。子ぼんのうな人でして、子どもと撮った写真が多いんです」「茅場町といってもいまの錦糸町あたりですが、牧場をやっていて、そこから根岸の正岡子規先生のところまで歩いて通った。その当時、牛乳を買って飲む人なんて少ないから、途中に畑を借りて菜っぱとか植えて家計の足しにしたそうです」

など、身内ならではのあたたかいお話を聞かせてくださった。

最後に左千夫の生家成東《なるとう》へ行く。町がつくった左千夫公園には民子と政夫の銅像や、歌碑が林立していたが、よくある造りすぎの白々した公園で、文学の香りは何もなかった。伊豆の浄蓮の滝にも気味の悪い緑色の一高生と踊り子の像が立ち、「私、読んだことないわー」などとはしゃぎながら団体客が記念撮影をしていた。役所のやることはどこでも同じだ。

生家は茅葺きで土間やくどがあり、こちらの方がはるかに『野菊の墓』を思い出させる。

牛飼いが歌よむ時に世の中のあたらしき歌大いに起る

の石碑がある。歌人として有名な左千夫といっても、知られているのはこの一首くらいか。

「民さんは何がなし野菊の様な風だからさ」

「政夫さんはりんどうの様な人だ」

お互いを花にたとえあうこの小説を、漱石は自然で、淡白で、可愛想で、美しくて、野趣がある、と誉めている。この素朴で幼ない小説を支えるものは明治九年の矢切の自然、野ぶどう、山綿、松林、そして野菊のように思えてならない。

「後の月という時分が来ると、どうも思わずには居られない」という冒頭の一文はうつくしい。明治五年、太陰暦が太陽暦に「近代化」されたあとも、月のめぐり、季節のかなしみの中に息づいていた日本の農村の挽歌のようにも思える。

# 市長さんのアラ、議長さんのアラ——唐津にて

佐賀の唐津は二度目である。

ここはふしぎなところで、戊辰戦争のさい、まわりは肥後の細川、肥前の鍋島、薩摩の島津など官軍側についたのに、この小笠原六万石だけは幕府方についた。世子《せいし》のまま幕閣の中枢にあった小笠原長行《ながみち》は俊英の誉れ高かったが、さいごは五稜郭の榎本武揚軍に参じ、維新後は、敗戦の責をとって、徳川慶喜と同じく毎日が日曜日の人生を、私の生れた本郷動坂あたりの隠居所ですごしていた。つけ加えると令嬢小笠原艶子は樋口一葉の萩の舎の同僚で、一葉も動坂の邸へ赴いたり、「マキノーリヤ」と称する珍しい洋花を見せられて、それを日記にしるしている。

唐津は虹の松原で有名なところだが、辰野金吾、曾禰《そね》達蔵、岡田時太郎、村野藤吾といった著名な建築家を四人も生んだところである。辰野は東京駅、日銀本店、奈良ホテル。

曾禰は慶応大学図書館、旧小笠原邸、音羽の講談社。岡田は軽井沢三笠ホテル、牛久シャトー。村野は日生劇場その他を残している。唐津から出た曾禰は上野の彰義隊に参加、藩閥政府の中では出世ののぞみがないので、新時代の技術をもって世に立った。

辰野の孫弟子にあたる田中実の設計で建てられた旧唐津銀行が国の登録文化財となり、そこで唐津市の建築士会が五十周年の部会を催す。ついては明治期の建築家の話をしてほしいとのことだった。そのあと、役場の進藤さんの案内で呼子《よぶこ》でイカの活きづくりを食べ、これが滅法おいしかったが、そこから辰野が楼門や新館を設計した武雄《たけお》温泉へ入りにいった。

新館は復元中、といっても大正四年築。旧館の方は明治の建物を直し直し使っているという。石の浴槽にたたえられたこの湯が実によい。なめらかなアルカリ湯で、入浴者が「美人の湯」と喜ぶのもわかる。東京の銭湯より安い三百円。朝の六時から三十分の間に、毎日通う常連さんが三十人いるという。

脱衣場でのあいさつや話を聞いていると、ここがどれだけ土地の人に大切な場所かがわかる。近隣の人は内風呂をつけなかったという。こんないい、安い湯が近くにあったら、私だって毎日、通ってきちゃう。女湯から金髪の人が出ていった。「外人さんは湯舟で石けん使うから困っちゃうのよ」とあまり困ったふうでもなくおばさんがいう。上がって廊下の椅子でコーヒー牛乳を飲んでいたら、こんどは男の外国人が玄関の引き戸を閉めないまま風呂に入っていった。おじいさんがそっと立ち上がって閉めにいく。

空が暗くなるころ、唐津へ戻ってきた。

あたりは急に冷えこみ、私は薄いショールを首にぐるぐる巻く。今日は唐津のくんちである。

市庁舎の近くの道にはびっしり夜店が出ている。沿道には人。その細い道に、長い曳手を引いて、次々と曳山《やま》がくり込んでくる。赤獅子、青獅子、鳳凰丸、鯛、金獅子、源義経の兜、上杉謙信の兜、鯱、七宝丸、飛龍……けんらん豪華な十四の漆塗りのヤマに提灯をかざり、人形の下には笛を吹く子たちがいる。

掛け声も囃子も町によって違うが、子どもたちのエンヤというのが多く聞こえた。こんな小さいときから胸踊る祭りの日々にかかわれるなんて、なんと幸せなことだろう。

なかでも目立つのは魚屋町のまっ赤な鯛。シンプルな形に黒いお目々と大きな口がユーモラスである。作られたのは弘化二（一八四五）年、他も文政から天保、元治と、幕末から明治のはじめである。辰野金吾もこのヤマを見たのだろうと思うとなんだか親しく思えてくる。

亀と浦島太郎というのも楽しい。亀の後足の形がかわいくて、その尾が上り下りする。

大きな屋台をのせた形の鳳凰丸や七宝丸も、曳いたり角で曲がったりの衝撃に耐えられるように柔構造というのか、建物じたいがバネじかけのように伸縮し左右にゆれる。雨もよいながら夢のような一夜だった。

一夜明けて朝十時、川ぞいのホテルのロビーがざわめく。来たぞ、というので、松浦橋から早足でゆくと、市役所の山下さんとばったり会った。今日は〝くんち料理〟のはしごをする予定。その水先案内人だ。そこでヤマに出会い、くっついて歩く。水主町、カコマチとよむ。それから大石町。低い、平入りの家並み。瓦屋根と出し桁のグレーの二階あたりに、まっ赤な鯉のヤマが泳ぎ、なんとも美しい眺めである。低い二階の窓を開けはなち、人びとが身をのり出す。

まず、市長の家に行きましょう、とある家に入る。広い土間と帳場がある。ここは由緒ある醤油屋さんである。よそ様のうちなのにずんずん上がり込むと、広い座敷の卓の上に、信じられないほどの料理が並んでいた。どうぞどうぞと通され、小皿と鉢をもらい、誰かがアラという魚の煮付けをとってくれる。中央に一メートル近い大きな皿の上にどん、とはねた姿のこの魚。白身魚だが脂がのっている。身が皮についてはがれない。皮はパリッとして、身も筋ごとにほぐれ歯ごたえがある。こんなおいしい煮魚を食べたことがなかった。次は車エビ、ウニ、鯛、サザエの刺身が供され、バラちらしが出てきた。

ご馳走ばかりに目が奪われていたが、目の前にハッピを着て鉢巻をしめた男の人がどうも市長さんだとわかり、やおら正座して挨拶。市長さんはその間も次々、来た客にお皿を渡したり、醤油を差したりしている。「なんとか晴れてくれんかなと。二年も雨がつづくと市長が悪いちゅうことになる」と笑っている。祭りの日は上も下もない。そのうち嵐山光三郎さんの一行が到着したので、入れかわりに外へ。

市長宅のまん前の小島起代世さんが、寄ってねとおっしゃるので上がらせてもらう。百年はつづく建物で、ここではタンのスモークとアワビのマリネと焼酎をいただいた。子どもたちの囲む卓に手づくりのご馳走、これもうれしい。

次は議長の家へ行きましょう、という。花屋さんだった。新築の二階建ての明るい二階の広間にどんどん人が来る。ここでもアラをすすめられた。こちらは白木の台の上に大きなアラが寝ている感じで、同じ魚かと思うほどちがう食感だった。しっとりして、やわらかで、同じアラでも、調理法もちがえば味もちがう。どちらに軍配を上げるべきか、いや双方おいしい。

奥さまが鯛の刺身をとりわけてくださる。男の人はあぐらをかいてデンと座っている。「女の方が大変ですね」というと、「今日までの支度が大変ですよ」という。客のために家中を掃除し、障子も暮れではなくくんち前に張りかえるのだという。たしかに、障子がまっ白だった。向うには大きなクーラーボックスが四つ。冷蔵庫に入り切らないビールを冷やすためだ。だいたい、広い居間のつくり自体がくんちに備えた設計なのである。

議長さんのお店で花束をととのえて、次は植月という料亭へ向う。美人でやさしいお女将さんの誕生日を祝って花束を渡す。ここはさすがに家庭料理でなく、凝った料亭料理だった。稼ぎ時とばかり徹宵働く仕出し屋が多いなか、店を休業して客をもてなす。ここでは煮物と里芋とクジラをごちそうになった。さらしクジラ、そして皮に近い所のクジラの刺身を酢味噌で、つけあわせのぬたが緑あざやかでしゃきっとしている。

山下さんは客のだれかれに挨拶している。私も隣り合わせた人と勝手に話し出す。こうしてあちこち回っている間に、知己というべき人とはどこかで会えるのだそうだ。

そこから旧知のフリーライターの金丸弘美さん宅へ。ここもおばさんとお母さんが二間ぶち抜きの座敷に、揚げ物、刺身、煮物……。「うちのが一番うまい」と金丸さんは豪語する。たしかにタコのマリネ、水菜とコンニャクの煮物、甘く煮た栗と花豆が最高だった。器もすばらしい。「ヤマもいいけど、どの家にもこんなご馳走が並んでいるというのが祭りの本質なんだよ」とハッピ姿の金丸さん。上京して以来、四十年、祭りに帰らなかったことは一度しかない。

「勤めていた会社で、祭りのために休暇をとって帰る、というのが通らなくてね。でも帰らなかったらその一年、すごくさびしかった。次の年は帰ってね、くんち料理を重箱三つにつめて戻って、会社のみんなにご馳走した。みんな目を丸くして次の年からは堂々と祭り休暇をとれるようになったんだ」

金丸さんは今年『えんや！』という祭りの本を出した。版元が九州からは遠い秋田の無明舎というのが面白い。

山下さんからバトンタッチで同級生の金丸さんが案内してくれることに。最初に行った（いやもう六軒目）のは、金丸さんの幼稚園からの友人の家。ふっくらしたすてきな彼女と金丸さん、抱き合って再会を祝す。どの家にもエプロン姿の元気なバアちゃんがいて、「あんた、食べとらんね」「何としとうす」とどんどん料理をすすめる。ここの家刀自さんは何とも威厳があって、若い女性が次々、「今年もごちそうになります」「きのう大阪から戻りました」ときちんと挨拶にくる。刀自はうんうんとうなずく。町の礼儀も祭りのしきたりもこうして受けつがれていく。

自家製のさつま揚げ、イカの酢のもの、鯛の南蛮漬をすすめられた。その息子というゆかいなおじさんがパッチ姿で、お守りの白い紐をぶらさげていい心持ちである。てきぱき働くお母さんは息子と同じくらい若く見える。家の中で飲んでいても外をゆくヤマのエンヤエンヤがかすかにひびく。二階の窓の外に金魚のヤマが通っていく。逆に町を歩いていると各家の宴会のざわめきが聞こえる。

七軒目は呉服屋さん。若旦那はきりっとした二枚目で、京都にあつらえて作らせた羽二重の上下絆纏を見せてくれた。ここではとろけるような里芋、おでんを地酒「太閤」でいただく。

八軒目、ここも金丸さんの親戚筋の家で「おばちゃん」「よう帰ったね」と金丸さんは握手ぜめ、「また本出したと？　なんで持って来らんね」。あちこちの家で金丸さんの本がどんどん売れる。こんなバックアップがあるのだから、故郷というのはありがたく、うらやましい。

九軒目の川島豆腐店。ここの料理はもう何と表現していいかわからない。エビ、鯛の塩焼、カラスミ入りおむすび、豆腐、ごぼうの炊いたの、とろろ汁。すべて素材を生かし、深い味がした。主人が祭りだからと気持よく封を切る。日本酒、ワイン、シェリーを片手に、豆腐になんと極上オリーブ油をかけて食べたりした。

饗宴そのもの。金丸さんは、イタリアから輸入していまさらスローフードと騒いでいるけど、本当のスローフードは昔からここにある、そう思わない？　とやたらうれしそうなのであった。

# 「天を恐れよ」の旗——川辺茂さんのこと

能登へ向けてガイドブックも持たずに家を出た。小松空港から金沢行シャトルバスに乗る、千百円。金沢駅東口からたまたま門前行でなく富来《とぎ》行のバスが来たので、あわてて乗った。そしてどうせ富来で降りるならば、近所の鍼灸師池本英子さんに聞いた漁師、川辺茂さんに連絡してみようという気になった。能登へ一人で行く、といったら、彼女はたまに魚を直送してもらうの、本当に新鮮でおいしいの、と川辺さんの書いた『魚は人間の手では作れない——原発で苦しむ漁民の立場から』（樹心社）を貸してくれたのだ。

本の奥付にある電話番号に、バスから携帯で電話した。池本英子さんの友だちで……ご本を読んで会いたくなって……もうすぐ富来に着くんですけど……バスが揺れるたびに聞こえなくなる声。こんな勝手な話ってあるだろうか、でも「谷根千読んで会いたくなって」と遠方から突然、たずねてくる人を嫌だと思ったことはない。不在だったり忙しければしようがないけれど。

川辺さんは、「昼すぎまでちょっと用があるから、バス停で待っててください。必ず電話します」というので、私の携帯の電話番号を告げた。

富来には十一時三十五分に着いた。

降りた数人が迎えの車やタクシーに乗っていなくなり、私は閑散としたバス停のベンチに座っていた。十二時すぎ、つばのあるキャップをかぶった年輩の男の人が来たので、川辺さんか、と思ったが、駅の売店のおじさんだった。これから店開きでバスの券やお菓子を売り、自転車も貸し出すらしい。

「誰待ってるの。ふうん、川辺さんか。あの人は人格者やよ。約束したらきっと来る。西海《さいかい》漁協の組合長しとってな、原発に一所懸命反対しとったが、隣町に原発できてしまいよって。

政治家が賛成やもん、政治家なんてのはもともと目立ちたい、いばりたい人たちや。スケベ根性のやつにスケベになるなといっても、土台むりやろ。ちやほやおだてられて、金もらやなァ。

田舎の人はお金もらって転ぶからな。漁師かって漁業権売れば、規模によっては何千万、くれよるわ。農家や商店には出んといっても、長と名のつく人にはちゃあんと配っとる。

電力会社はあの手この手でやるわね。旅行連れてったり、ご馳走出したり、みんなが行くのにわしゃ行かんとは、田舎でそりゃいえんわね」

能登の言葉は関西弁に近く、思ったより聞きとりやすくホッとした。

一時半、「ずいぶん待ったでしょう」と川辺さんが現われた。「こっちから連絡のつかんとこにおったんで」。一九二四年生れ、というと父より二つ上か。とてもお元気そうだ。

「魚を運ぶ車なもんで、魚くさくてすまんですね」

と私を助手席に乗せてくれる。

車の中であらためて自己紹介する。家の近くの東京大学にも原子力研究センターがあること。照射実験などにはかなり大きい単位の放射能を用いていること。それなのに大学は安全だ、というばかりで、どんなものを使って何をしているのか、安全対策はどうなっているのか、ほとんど地域に説明していないこと。住民の健康に責任を持つべき都も区も「東大がいうんだから大丈夫」といっていること。しかもその東大が、私たち住民の災害時の避難場所となっていることを話した。

運転しながら川辺さんは、何度もうなずいた。そして能登半島と原発の話をしながらも、親切に、昼食にサザエ釜めしをご馳走してくれたり、岸壁の母が立っていたという場所に案内してくれたりした。能登富士とよばれる高爪山《たかつめやま》が美しかった。海をのぞむ湾の向うに、川辺さんの住む風無《かざなし》の集落が見え、「きれいな景色でしょう」と川辺さんがしみじみという。本に書いている。

「私は漁民の立場から、皆さんにおわびとお願いを申し上げたいと思います。いくら政府が、それからまた電力会社が原発を進めようとしても、私たち漁民が、土地なり海を手ばなさないでいさえすれば、これは建つわけがない。ところが残念ながら土地は手ばなされていく。海は売られていく」

一九六七年に原子力発電所建設計画がはじまり、これに反対し、一九八一年に、有権者一万の町で六千七百人の原発反対署名を集めたものの、西海漁協は孤立化、川辺さんも孤立して、ついに隣の志賀町に北陸電力の原子力発電所が建てられてしまった。川辺さんは運転差止訴訟の筆頭原告である。

「二号機を建設中ですから見にいきましょう」。川辺さんの車で志賀町に向う。巨大な原子力発電所が見えてきた。この窓のない分厚い建造物の中で、何が行なわれているか、素人の私には正直いってまったく分からない。

「いまの日本の科学技術をもってすれば、という言い方をしますよね。科学は大事ですが、しかし科学を信ずるというのは宗教ですよ。科学的データ、科学的なものの考え方などというが、それも人間の考えたことです。科学を絶対視してよいはずはない。原発だってそうです。絶対、事故は起こさないと誰がいいきれるんですか」

川辺さんは大正十三(一九二四)年、漁民の子として生れた。海に出る仕事に疑いを持たずに、父の跡をついだ。戦争では初年兵で召集され、台湾に一年いた。

「フィリピンへ行く要員やったですよ。でもレイテが落ちて、行かないうちに終戦です。命びろいをしました」

戦後、聖書を読みはじめる。新潟から能登にかけては無教会派のクリスチャンが多い。

「しかし原発反対運動の中でクリスチャンにはあきれましたね。信ずるものは救われる、というのはあれは脅しですよ、信じないものは救われないわけでしょ。原発が事故起こしたら、信じてようが信じまいが、いっしょに命を失うのに。「エホバの証人」の人たちは、すべては神の計画だという。それだと原発ができるのも神の計画のうちということになってしまいます」

原発反対運動をまじめに考え、協力してくれたのは、むしろ能登一円に多い浄土真宗の僧侶たちだったという。

原発建設、運転差止の訴訟に負け、川辺さんは漁協の組合長をやめざるをえなくなった。

「私にも責任がある。強い世論をつくりきれなかったからつぶされた。補償金をもらうまでに住民はもう負けた気分になっとるから、金をもらうともっと負けてしまう。私だってこれ以上がんばると、家族を地域から孤立させてしまうと苦しんだ。結局、半年ほどじっとしていました」

いま建設中の二号機の現場では、資材を運ぶトラックの運転手がゲートを開け閉めするのを川辺さんはいっしょに手伝った。原発に反対はしてもそこで働く労働者には敵意を持っていないらしい。

近くに「石川県水産総合センター水産部」という施設があって見学をすすめている。

「入るのははじめてだ」と川辺さんはいうが、入ると知人に出会った。かつて漁協で働いた仲間だという。

ここは志賀原子力発電所の温排水を用いて、ヒラメ、アワビ、サザエなどを養殖する施設である。アワビやサザエの赤ちゃん、というものをはじめて見た。しかし、

「人間が魚や貝を養殖しようなんて、いらんことです。魚は海が育てるものです」

と川辺さんは言葉少なに批判した。

「網の目さえ大きくしておけば、魚を獲りすぎることはない。いまは小さな網で全部とって、売れない魚はまた海に捨てる。海は魚の死体でいっぱいです。日本人は亡霊か悪霊にとりつかれるんじゃなかろうか」

川辺さんはまた、肉体と命はちがう、と言いきった。どうしてか、自分で考えたことありますか、と私に問うた。私の中に答えはなく、川辺さんこそなぜ、そう思ったんですか、と聞き直すしかなかった。

「一九六九年でしたか、私が四十四歳のとき、高校二年になったばかりの次男をなくしました。風邪気味だったんで、風邪薬をのませたんですが、ピリン系の薬が体に合わなかったんですわ。病院に運んだときは手おくれだった。死ぬ前に次男は、父ちゃんが治してくれると信じとったのに、といいました。その声はいまも耳に残っている。もうそのことが悲しくて悲しくて、ずっと人にもよう話せんかった。

ある日、声が聞こえました。あの子は神がお前に与え、必要があって連れ去った。肉体は失われたが、命は生きてると。そのとき肉体と命は別物だとわかりました。同時に信じていると油断する、ということがわかった。いまの子ども、みんな大人を信じて頼っているのに、大人は子どもたちの生きる条件、海も山も、大気も水も、みんな売り渡してしまった。子どもたちの幸せをモノとカネに交換してしまった。人間以外の生き物、牛でも犬でも虫でも魚でも、そんなことしますか。自分の子どもの命は守りますよ。過保護にはしないが。

それで私は、天を恐れよ、という大漁旗を監視小屋に掲げたんです」

資料を差し上げたいから家に寄りませんか、というので付いていく。たくさんのビラをいただいた。

「たとえ私の肉体が土に還ろうとも私は死なない。永遠に無限に生きるであろう。なぜなら命とはそのようなものだったからである」

「科学は天の戒めである大自然の法則を守るための手段にすぎない」

「この世は真理を否定し、法則を無視し、悪魔を神として拝んでいる。そして子らの、孫たちの、子孫の生き血を先き取りして吸いながら今生きている」

私のことを〝神がかり〟なんていう人が多いんですよ、と川辺さんはうつむいた。たしかにこの文だけを見ると、そう映るかもしれない。しかし道々、ゆっくり話を聞いたので、こうした標語は表現は巧みとはいえなくとも、川辺さんの思想のエッセンスのように思えた。

「さびしいですよ。だれも私の話を聞かん。きょうは聞いてもらってうれしかった」

日が暮れる前に能登金剛を見て、宿まで車で送りましょう、と川辺さんは立ち上がる。松本清張『ゼロの焦点』の舞台である金剛は断崖で、ちょうど夕陽が美しかった。

「思い出せあの日のあの時親のこえ」

「自殺する勇気があれば、生きてみろ」

地元のライオンズクラブの立てた標識。観光名所でもあり、自殺の名所でもあるらしい。

「こんどは東京からおさかなを頼んでもいいですか」と聞くと、「どうぞどうぞ。私はもう陸《おか》に上がりましたが、息子があとをついで船で海に出とる。いい魚が入るかどうかは天候次第ですから、魚の代金はそのときお知らせします。送って、新鮮だった、おいしかった、といってもらうのが一番うれしいんですよ。交流のためにやってるだけですから」

日が暮れて、予約した海辺の宿に着くと、ここで本当にいいのか聞いてらっしゃい、万一違うとあとの足がなくなりますから、と私がロビーまで往復するのを待っていてくれた。やさしくて大きな人に会えた気がして、私は胸が熱くなり、去っていく車にいつまでも手を振った。

町で職人から仕事の話を聞くことがある。どの仕事もかなりきわどいところに立たされている。たとえば、象牙は牙彫《げちよう》で谷中派というのがあったくらいで職人は多かった。鼈甲《べつこう》職人もいるが、この二つはワシントン条約によって新しい材料は入らないといってよい。先日も、輪島塗の漆器職人はいるが、そこに金で図柄を描くネズミ毛の細い筆が入らないと聞いた。

材料と道具が危機である。さらに注文が少ない。大量生産の安いものが多く出回っているので、どうしても人はそちらへ流れる。手仕事の大切さ良さを知っている理解者すら少なくなっている。そうなると腕を磨く機会がない。

大田区久が原にある「昭和のくらし博物館」は、家具史の研究家である小泉和子さんが旧自宅をそのまま博物館としたところ。少ない予算でボランティアの協力を得て、涙ぐましい心のこもった企画を続けておられる。今回は指物の展覧会で、旧知の戸田敏夫さんや井上喜夫さんの作品が並ぶというので見にいった。

指物というのは華奢で上品な和家具である。大名・武家屋敷の書院造りには黒うるし塗りの御殿風の家具が合う。太い梁に茅葺きの農家には栗や欅《けやき》のどっしりした民具が合う。指物というのは、江戸の町家に合うような小ぶりで洒落た家具として生れた。「日が差す」と同じように、木と木をまっすぐに組み合わせて組むから差物。それも表面からは分からないように木の中に複雑にホゾを切り、それを組む。

茶室の指物がお得意な山田嘉兵衛さんに、その組みの実物を見せていただく。平ぐみとかありぐみとかいろんなつぎ方がある。ありぐみは蟻のように胴が太いからそういうらしい。

「江戸指物は江戸の町屋で発祥したのですか」

と聞くと、小泉先生は「やはり関西が先でしょう。箪笥も大阪だし、京指物という言葉もあります」

石州《せきしゅう》流の茶で有名な不昧《ふまい》公松平治郷の道具師に、小村如亭という神業的指物師がいたという。この人は奇人でもあって数々の逸話を残している。

指物の材としては三宅島や御蔵《みくら》島の桑が最高といわれている。緻密で光沢《つや》があり使って

いるうちにアメ色に変わってゆく。以前、東上野の職人、佐藤進さんに聞いたら、

「先祖は三宅島に流されたらしいですよ。その人が地元の女性といい仲になって生まれたのが船や御輿のいい大工になった。その息子が東京に出て指物をして私が三代目」

ということだった。全体として軽い材を用い、桑は貴重なのでケンポナシ、桐や黄蘗《きはだ》、タモ、檜《ひのき》なども使うし、一つの作品にそれらを組み合すことがある。同じく指物師の井上喜夫さんがいうには、

「栓木《せんのき》（ハリギリ）は北海道材ですから成長が遅い分、木の目が細かくてきれいでしょう。栃の横に出る節目を好む人もいます。クスはいい匂いがして虫がつきにくい。樟脳に使うくらいです。桐が和箪笥によく使われるのは、外の水分を自分が吸って、中の着物まで湿気ないからです。火にも強い」

木によって色や木目や性格のちがいがわかる。

「仕事は材料の仕入れからはじめます。桐は桐屋から、あとは銘木屋から仕入れる。注文があってから材を探したのでは間にあわないんです。先に買って板子にひいてもらい、ものによっては雨に当ててアクを抜く。それから家の中で陰干しします、木を伐って五年十年たっても板にひくとどうしても中の方に水分が残ってるから」

事前投資とストックヤードが必要なのである。仏壇などは仏壇七職といって分業がある

が、指物は一人の孤独な作業だ。村へ行くとナットウヤ、トッペカンなどという屋号の指物師がいる。それは兼業で指物もやっていたのである。逆に「一丁松さん」なんて渡り職人もいた。台を三つ、歯を一丁持って、「削らしてくれ」と板を削るのばかりをやっていた。

「乾燥させた木を木取りといって、どの部分をどう使うかを決め、それから削る。そして組手、小穴、枘《ほぞ》などの加工をして、いざ組み立てます。仕上げにかんなをかけ、さらにトクサなどで磨きをかけ、さいごに拭き漆をかけて出来上りです」

と井上さんはさらりと説明してくれたが、どうしてそんな一朝一夕にはできない。この茶簞笥はどのくらいかかりました？　と聞くと約一カ月とのことだった。

山田嘉兵衛さんは磨くための椋の葉やトクサも見せてくれた。トクサは粗くて刀の白ざやの磨きなどに用い、椋の葉は細かく仕上げに使う。

道具もかんなだけで百二、三十丁、のみも何十本、糸ノコ、など用途に応じて揃えなくてはならない。

「要するに柾目《まさ》どおりに切って木の性質をすなおに生かすことが大切なんですね。木は収縮する。三十センチあったら一パーセント、三ミリや五ミリは動いてますし、だからこそ、木でできた家は夏涼しくて冬はあたたかい」

最近では冷暖房によって湿度や温度が人為的に変わらされてしまう。それに対応しているので技術は上がってきてますよ、とのこと。

文机が欲しいな、と思ってみると百五十万円、小箱五十万、鏡台四十万とか。うーむ、なかなか手が出ない。

でもこの棚一つつくるのに一カ月かかり、材料込みと思うと高いとはいえないのではないか。小泉和子さんも、「名人といわれる職人が見にきて、「あの値段じゃきのどくだなあ」とつくづく言ってたわよ」という。材によって、材のどこを用いるかによって値段は大幅に変わる。つい内輪めの見積りを言ってしまうけど、本当はできてみないとわからない。

落語の神様、三遊亭円朝に「名人長二」という指物師の話がある。

「通常より少し優れた伎倆の人が一勉強いたしますと上手にはなれませうが、名人といふ所へはたゞ勉強したぐらゐでは中々参ることはできません」

と厳しい。これは文章修業にもいえることかもしれない。長二は独身で仕事一筋、本所〆切にいて煮炊きをする雇い婆さんを置き、弟子はとらずに兼松という気軽者を相手に仕事をする。あだなを不器用長二という。それは

「何でも不器用に造るが宜い。見かけが器用に出来た物に永持ちをする物はない。……銭を取りたいといふ野卑な根性や、他《ひと》に褒められたいといふ阿諛《おべつか》があつては美しい事は出来ないから、其様な了簡を打棄つて、魂を籠めて不器用に拵へて見ろ」

というのが口ぐせだからなのである。

蔵前の坂倉屋助七という豪商がこれを聞き、面白い職人もいるものだ、と購《もと》めておいた三宅島の桑板で御先祖のお位牌を入れる仏壇を指《さ》させよう、と呼びにやる。「己《おら》ア呼付けられてへい〳〵と出て行くやうな閑な職人ぢゃアねぇ」と長二は鉋屑の中へ寝転んで煙草を呑んでいる。

助七は自ら出向いて無礼をわび、あらためて「非常のとき持ち出して落としても壊れぬほど丈夫に、しかし丈夫一式でなく見てくれも拙《まず》くないやうに」と仏壇をたのむ。長二は「兎も角も板を遣《よこ》してお見せなさい。板の乾き塩梅《あんばい》によっちゃア仕事の都合がありますから」

という。助七は待ち遠しいが、へたに催促をしたら腹を立てるだろうと我慢をして七月目、ようやく仏壇が出来上がった。届けにきた長二といえば膝の抜けかかった盲縞の股引に、垢染みた藍の万筋の木綿袷の前をいくじなく合せ、縄のような三尺帯を締め、鉤裂《かぎざき》のある印絆纏を引っ掛けて、動くたんびに鋸屑が翻《こぼ》れる。いくらかと聞かれ、長二は、

「百両で宜うございます」

助七はびっくりして、

「おい親方、この仏壇の板は此方から出したのだよ、百両とは少し法外ではないか」

というと長二、

「釘一本他手《ひとで》にかけず一生懸命に精神《たましひ》を入れて、漸々御注文通りに仕上げたのです。嘘だと思召すならこの才槌で打擲ってごらんなせい」

売り言葉に買い言葉、助七は力まかせにどことなく才槌をおろすが、止口釘締は少しもゆるまない。

「誠に感服……名人だ」

と助七は聖堂の林大学頭にこのいわれを書いてもらい、仏壇に添えて子孫に譲ろうとした。そんな職人もいたのである。

戸田敏夫さんはまだ五十そこそこの初代、昭和四十四年にこの道へ飛び込んだ。

「子どものときは大工になりたかった。高校を出るとき、先生が紹介してくれた島崎國治という親方がすばらしかった。明治四十年生れ、十三歳で三宅島から上京して、上野の佐藤進さんの先々代にわらじをぬいだ人です。あたしは親方を神様みたいに思ってます。

今も朝起きたらカミさんの顔を見る前に、枕元の親方夫妻の写真に挨拶する。何かうまくいかないことがあれば、親方のお墓にお参りします。得隴望蜀《とくろうぼうしょく》、欲ってものはだんだんのさばる、というのが親方の教えでした」

好きでたまらない仕事を工夫しながら丁寧にやっていることが作品の輝きになっている。

「同じ十年でも、ボーッと同じようなものを作るのと、気を張って何か新しい工夫はないかとあれこれ作ってみるのじゃ違いますね」

戸田さんは間口何間という大きな書棚も作るが、箸をまん中で継ぐようにして、小さな箱に納めたつぎ箸を考案した。使い捨ての箸はイヤだという人や、海外旅行に携帯する人に口コミで広まり、海外では日本の繊細な文化を伝えるのにも役立っている。作ってもらうのも順番待ちだ。

長二みたいな心構えの職人はいても坂倉屋助七のような金に糸目をつけない依頼人はもういない。そうした旦那が、職人にあれこれ注文をつけ、工夫もさせて、文化は発展してきた。生きのびてもきた。これからは「お金を貯めても本物を一つ持ちたい」という私たちが小さな旦那をつとめ、貧者の一灯をともすしかないのかもしれない。

「品物は高いように見えるけど、いい暮らししてる指物師は一人もいませんよ」

という小泉和子さんの言葉が耳に痛かった。

# 葬のかたち——はじめて救急車に乗る

冬の日曜日、私は一人で掃除をしていた。単行本の仕事が片付いたので、本棚を次の仕事と入れ替え、壁に鋲でとめた予定表の鋲をはずし、カレンダーをめくり、不要な資料を段ボール箱に放り込む。やれやれというか、おだやかな大好きな時間である。

ぐぎっ、という感じで太い鋲が足にささった。左足裏の親指のつけねである。それでも私はまだタカをくくっていた。鋲ぐらい踏んだことあるわい。ぐっとやれば抜ける。ところが押しても引っぱっても抜けない。肉にくい込んでいるのだ。動かすたびに激痛が走る。

ちょっとあわてた。午後の二時から、お世話になった建築史家・故藤島亥次郎先生を偲ぶ会がある。三田の建築会館に行って根津育ちの先生との淡いおつきあいについて話すことを引き受けていた。元来、丈夫なので行きつけの医者というものがない。だいたい、今日は日曜日だ。休日診療のところに行くよりほかはないと思ってハタと困った。いったいどの医院が今日の当番なのだろう。

区でくれる便利帳をめくったが、区役所はもちろんだれも出なかった。文京医師会ももちろん。歯医者の母にかけても知らなかった。子どもはいないの、と母はいう。たまたま、みんな出払ってるよ……。

救急車なら知ってるかもしれない、と電話をしたら、こちら一一〇番です、一一九番へおかけください、といわれる。よほど動顚しているのだ。一一九番。エーと、足に太い鋲が刺さって抜けません、どこへ行けばいいでしょう。

わかりました。自分で動けますか。はい片足とかかとでなら……。いまから行きます。四階ですね。あっという間にピーポーピーポーという音が近づき、マンションの前に止まった。着替えるのも大変だったけれど少しはましな格好に着がえ、コートを着て家の鍵を閉めた。二人の屈強な男性に支えられエレベーターで下り、そこから担架に載せられた。玄関付近にいた人が何事だと驚いて見た。

私は横たわってマンションの玄関を出ていった。寝ながら見る天井の電気や窓や担架の四輪車の音は妙に新鮮だった。ああ、死ぬときはお棺の中からこういう景色が見られるのだなあ。外の枯れた並木も角度が違うだけでいつもとまったく違う風景だった。

はじめて救急車の中に入った。制服の隊員が無線で連絡している。こちら文京区白山、四十八歳の女性、えーと、足に鋲を刺しています。電話口を手で押さえ、鋲ですよね、と確認する。なんだか釘やナタじゃないと悪いような気がした。

車はピーポーいいながら走り出し、案の定、日本医大の救急外来に着く。たぶんここに行くと思ったんだ。自動扉がすうっと開き、待合室の人がこれまた何事かといっせいに見た。乗っているのは足先に鋲をくっつけた女。不覚にも吹き出してしまった。

それにしても日曜の緊急外来があんなに混んでいるとは。多くは子ども連れである。熱、怪我、やけど、誤飲などらしい。やがて私は診察室のベッドの上に載せられた。医師はなかなか来ない。まったくもって緊急性を認められていないらしい。しかし痛みはズキンズキンとひびく。やっと髪の毛の長い若い女の先生が来た。「ちょっと痛いですよ」。麻酔注射をし、くいっと鋲を引きぬき、消毒する。あっけない。ニコリともせず、ふん、という感じで彼女は出ていった。ハイハイお騒がせいたしました。救急隊にいくらお払いすればいいんですか、というと無料だそうで申し訳ない。

結局、会合には足をひきずりつつギリギリで間に合った。電話で事情をつたえておいたので、主催者もあわててはいなかった。建築史家の鈴木博之さんが、「モリさん釘踏んだっていうから、修復の現場にでも行ってるのかと思いましたよ」と心配してくださった。ええ、まあそんなもんで、と声が小さくなった。担架の上から見た天井や窓や植木が何度も頭に浮かぶ。死ぬってああいうことなのかなあ。

二〇〇三年一月一日午前三時に、仕事仲間の夫が亡くなった。フリーのデザイナーで、家にいて淡々と仕事をこなし、酒も煙草もやらず、ストレスなどないように見えた。昨年夏ごろ、不調で寝てばかりいるの、というから、早く病院に行かせた方がいいよ、とすすめたが、でも休みの日は山登りしてるし、とのんきである。妻もまず検査など行かない人だ。

十一月に重い腰をあげて行ったら、手遅れだった。すい臓は分かりにくいし、見つかったらたいてい駄目なんだって。本人は地域活動やPTAでも中心にいたので、理由を正確に話し、いろいろ役を退いた。そうしたらお見舞の人が次々に来るようになった。

お見舞したって病気が癒《なお》るものではない。最後のお別れがしたいなどというのは生き残る者のわがままである。私なら来てほしくない、と思って行かなかった。残り少ない家族とゆっくり過ごす時間を確保してほしかった。

雑誌の発行は遅れてもかまわないから、と私はいった。そういったって仕事している方が気が紛れる、と妻は午前は仕事場に現われ、午後に病院に通った。治療することはないので在宅でもいいですよ、といわれたのだが、広くない家には子ども三人もおり、来客もあれば混乱した。病院の方が気が休まる、と彼はいうらしかった。ふつう、無機的な病院のベッドの上より暮らし馴れた自宅の畳の上で、といわれるが、そうでない場合もあることを知った。

近くにいてできることはきわめて少なかった。子どもたちの気持が暗くなるから来て、といわれ、うちの子たちは差し入れを持ったりして夕飯に行った。長くて半年といわれたよりずっと早く、彼は亡くなった。

ガン闘病記を書いたり、亡くなる前にお別れの会を開いたり、自分の名を冠した基金を発表したりする方もあり、その気持も分からないではないが、こういう執着のない、さりげない消え方は彼らしく望ましいと私は納得した。

それが一月一日元旦であったから、早朝に電話をもらってもどういう葬式になるのか見当もつかなかった。寺は田舎にある。火葬場は五日にならないと開かない。知ってる僧侶もいるが、通夜と告別式、火葬の段どりがうまくつかない。結局、病院から紹介された葬儀屋の采配にまかせ、たしかにすべてがとどこおりなく済んだ。彼らが宗派の同じ僧を連れてきて、妻は黒い着物を着て座っていた。彼女が葬儀屋に抵抗できたのは、祭壇を金きらきんにするのでなく、遺影を白と紫の花で埋めたことだけである。しかし、これも特別の費用がかかった。

正月早々の葬儀で人をわずらわせたくない、本人を直接知っている人だけが少数来てくれればよい、と家族は考えたが、パソコンの普及のせいで、死去の報が誰かによって配信され、知ったら行かないわけにもいかない。地域雑誌や地域活動の関係者も来てくれて、通夜だけで数百人になった。私たちは途方にくれた。

葬式は生き残った人間のための儀式にすぎない、と思うのは傲慢だろうか。エライ人の場合、誰が来ていない、誰が弔辞を読む、義理があるから行く、というささやきを見ていると嫌になるが、今回そういうことはなかった。

こんなに来てくれるのは故人と妻の人徳だと思いつつ、ただ、人の時間を奪い取りたくないとも考える。それでも、日ごろ会えない古い仲間に何人も会えた。こんなところで会うなんて、いずれまたゆっくり、といいながら、また当分会えないのだろうなあと思う。

読経があり、焼香の列は凍えそうな外階段に並んでいた。お清めの席にオードブルと煮しめが並び、ビールが林立し客は流れていく。翌日のお葬式も読経、焼香がくり返され、とくだん故人の人柄や思い出をしのぶゆったりした場はなかった。初七日もいっぺんにすますため、火葬場でもまた読経と焼香が行なわれ、故人もその家族も仏教の信仰は篤くないのに、こんなときだけお経を何回もよむのが奇妙に思える。

葬儀の費用は大丈夫なの、と喪服の妻に聞くと、これもみんな正月料金なのよ、と眉をしかめる。あとが大変だろう。会葬御礼も。

家に帰り、「私のときは葬式しないでね。身内ですませました、と通知だけすればいいから」、というと、娘が「じゃあお母さんが往生したあと、とりあえずどうすりゃいいの」と聞く。そうか、葬式はせずとも棺を準備し焼かねばならぬ。火葬場も葬儀屋が押さえてるんだから、とさっき聞いた。これから宗教と葬儀屋抜きの死に方を研究するつもりだ。

三月二十日は娘の誕生日なのに対イラク戦争が始まった。この日は地下鉄サリン事件が起こり、もう一つ悲しいことに須賀敦子さんの命日でもある。忘れられない日だ。いろんなことを思い出しながら、それでもニュースに気が気でない。衛星放送を小さくつけながら、仕事ははかどらない。「吐き気がする」といいながらブッシュやブレアの大上段な演説を見ていたらほんとに夜中、胃に来た。

口をゆすぎ横になってうとうとする。東京芸大で教えている友だちが「学生の作品展を見にこないか」という。行ってみると、オブジェがみんなミサイルの部品でできている。黒い尖ったものを運んでいるので、それなに、と聞くと核弾頭だというので、へえはじめてみた、こんなものなの、と思ったとたん、また吐気がして目が覚めた。

夢にヘトヘトになってまた横になる。また変な夢を見た。内田百閒の文庫の解説がまだ届きません、と電話が来る。別の出版社から同じ電話が来る。あれ、どちらから頼まれたんだっけな、とわけがわからなくなり、戦場のような白い煙がもくもく上がるところをふらふら歩いていると、向うからほっそりした高名な詩人が歩いてきて、気付けに葡萄酒を差し上げましょう、という。淋しい野の道に出て小さな単線の駅の隣にお宅があった。赤い屋根いっぱいに白く「NO　WAR」と書いてあった。

こんな話をヤマサキの家に行ってすると、まゆちゃん、そりゃテレビの見すぎだよ。うちなんて誰も、9・11の超高層ビルに突っ込むところ見てないよ、という。スパゲッティをすすっていた彼女の娘と息子が頭でうなずいた。うちテレビないもん。

そうだった。たいした家族だ。

知らず自分の心がテレビの画像に占拠されている。私も明日から見ないことにしよう。それが戦争に対する抵抗になるとは思われないけれども。

「楽しいお産」とは――大野明子さんをたずねて

町を見ているとこわいくらい変化が早い。この前、家の並びの人柄のいい店主のいる肉屋さんが消えた。狂牛病騒ぎがひびいたのだろうか、と心配してたら不動産で失敗したらしい。あとに入ったブティックは趣味が悪いな、と思っていたら三カ月もたたぬうちに撤退して今度はペットのホテルになった。

一方、DPE屋の隣にまたDPE屋ができたり、そうでなくとも多い美容院、いまはカットハウスなどと称しているが、斜め前にまたできた。どちらかつぶれるのは時間の問題だ。なんでマーケットリサーチというものをしないで開業するのか、こういう自由競争に任せるのは実に無駄が多い。

歯医者は次々開業するが、眼医者は少ない。産婦人科はもっとない。私の母は近くの町医者でお産をしたが、私のころはもうなかった。お産はいつ起こるかわからない。ゴルフも行けない、旅行もできない、医療訴訟も多くなって町医では対応できかねる、ということで減ったらしい。よその町に行ってたまに産婦人科があるな、と思うと、「人工妊娠中絶」などと大きな看板が出してあってギョッとする。

まわりに大病院は多くて、二十代のころ、主婦仲間ではどこの病院がいいかで話は盛り上がったものだった。結局、初めての若い当直医に当たってしまったわ、学生に囲まれた中でお産したのよ、会陰切開なんてことするの、事前に知らされなかったわ。病院の食事が悪い、なんてことはこれらと比べると小さい不満だ。

それにしても、命を産み出すという胸ふくらむはずの行為に関係する名詞の、なんと冷たくかたく気味の悪いことか。書き写すのもためらわれるが、妊娠、妊婦、経産婦、高齢出産、剃毛、浣腸、会陰切開、分娩、陣痛、周産期異常、妊娠中毒、悪露《おろ》、収縮、破水、排臨。字面といい音といい、誰がこんなみにくい気持ち悪い訳語を生み出したのだろうか。少なくとも産む側の性ではないだろう。これですべての一般書、出産ガイドまで書かれていて、読んだらまず赤ん坊なんぞ産みたくなくなること請け合いだ。

望まれずにやめる場合、もっとこわい。中絶、堕胎、掻把《そうは》とくる。おなかを切って赤ん坊を出すのを「帝王切開」というが、これはユリウス・カエサルが産道を通らずに生まれたことからこう呼ぶのだ、と知ったときはほとほとあきれた。英語でもシーザリアンとやらいうらしいけれど。

今を去る二十三年前、はじめて身籠ったと気づき、私は近くの東大病院に行った。そのとき構内の研究所で勉強していたからでもあるが、病院は古く暗かった。廊下などは電力節約のためまっ暗だ。事前見学会があったが、お産を待つ産婦はみなふくらんだ腹に陣痛の間隔を測る計測計をまきつけられ、まるで市場のマグロのようにズラリと並んでいた。人間を機械が管理しているのである。

会陰切開はどのくらいの率で行なわれますか、と私は質問した。周りの妊婦がざわめいた。担当の若い医師は、皆さんご存じないかもしれませんが、とやおら黒板に図を描き出した。赤ちゃんの体が出にくいとき、この辺をこう切ることがあります。また妊婦たちがざわめいた。それほど妊婦は無知であり、医師は説明不足であった。

胎児のようすを知ろうと超音波診断に行ったときは、担当の若い医者たちが「今日は面白いのが少ねえな」とぶつぶついった。彼らはより異常な症例を研究して成果を上げるために求めていたのらしい。私は気が滅入り、それからあれこれ調べて、豊島区の椎名町にある長橋産婦人科というのを見つけた。家から四十分くらいかかったけれど、そこの明るい、花模様のソファのある待合室にたどりつき、戦前から無痛分娩の研究をしてきたという経験ある老女医が私のおなかをなでてくれたとき、気がゆるんで涙がこぼれた。

結局、私はこの産院で夫立ち会いのもと、ごくカンタンに三人の子どもを産んだ。三度の食事は待つのが楽しみなほどおいしかった。そんなことを思い出しながら、ある雑誌の取材で高井戸にある明日香医院をたずねた。駅をすぎると目の前は栗の林である。そこに庭付の日当りのいい住宅があった。花の咲く玄関をあけると、小さな待合室である。そこに私より三つ年下、ほっそりした産婦人科の大野明子医師がいた。

ロングスカートをはいて白衣は着ていない。お産のときはエプロンをします、という。診察室もおもちゃのようにかわいい部屋で、診察用のベッドはあるけれど、出産は床や畳の上に布団を敷いて、という。

「分娩台は使ってないんです」

たしかに、私の三回の出産は比較的恵まれたものだったとはいえ、分娩台というのには抵抗があった。赤ちゃんは重力の法則に従い下に向けて押し出されるはずなのに、なぜ分娩台は横なのだろう。いや時に足の方がせり上がるようにすらなっている。医師が診察しやすいようにだ。

古代や中世の絵を見、話を読むと、女は天井から吊りさがった縄にすがっていきんでいる。座産、立産がふつうで、あるいは腹ばいになって俵にしがみついて産んだ。その方が力がかかり、楽なはずである。

明日香医院の写真集を見ると、みな夫や上の子どもとともに、思い思いの楽なかっこうで赤ちゃんを産んでいた。大野先生はその人の家に出かけていって自宅出産も手がけてきた。

「でもやっぱり、いくつかの条件が必要ですね、ここから三十分以内で、経過がよく、難産にならないとわかっていて、妊婦さんもしっかりして努力しているとか。一時、助産院で産むのが流行みたいになりましたよね。でも医学の軽視は危険だと思います。産科的異常がはじめから分かっている場合もありますし、逆児の場合もある。陣痛促進剤を使わないと赤ちゃんの命が危いか、切るかということもある。帝王切開が必要な場合には大きな病院へ搬送します」

しかしここでの帝王切開率は三パーセント、日本の平均よりずいぶん少ない。お産を楽しくするには体を動かし、太りすぎないことが大切なのだそうだ。

「いまは過保護な時代で、妊婦さんも大事にされすぎますからね」

縄文のころ、陣痛がきたら、群から離れて産み、ヘソの緒を自分で切って、赤ん坊をかかえ、また群に追いついていった、と読んだことがある。女はそのくらい本来たくましいものだ。

「それだけ母も子もたくさん死んだと思いますよ、ところが少産少死の時代になって、お産がイベント化しましたよね。地方の産院では、花模様の壁紙でフランス料理のフルコースが出るそうです。産後のエステまでしないと客が来てくれないといって」

と大野先生はおかしそうに首をかしげる。

「できるだけ自然に、当り前に産んで当り前に育てるのがいいと思うんですけどね」

そう思ったのは、ご自身の出産体験かららしい。大野さんははじめ東京大学で宇宙科学を研究し博士号をとった。研究のかたわら、長男を出産したとき、陣痛が始まってから分娩台の上に放っておかれるのは納得できない、こんな冷たいさびしいお産はないと思ったという。それでそれまでのキャリアをなげうち、愛知医科大に入り直して医師免許を手にしたときは三十代半ばだった。

「おそい出発なんですよね。この仕事、経験と体力がいりますから」

とほほえんでいる。そんな直情径行にみえないけど。

「いくつかの病院で勤務医をしましたが、やっぱり妊婦さんより医者のつごうで、出産が行なわれている。サラリーマン助産婦ともきしみました。ゆっくり待って良心的にやればやるほど人手がかかって、収入が減るというのが実態で、いまもそれが悩みです」

評判を聞いてここで産みたいという人は多いが、質を保つためにすべてに応えることはできない。楽しいお産で妊婦の顔が明るくなる、自信がつく、またここで産みたいといってくれるのがいちばんうれしい、という。

いま超音波診断などで生れる前に男か女か分かっちゃうでしょ。

「うちではわかったとしても教えません。それは神様の領域です」

羊水の検査など出生前診断をする人も増えていますね。

「医学の進歩というのは両刃の剣で、使い方をあやまれば命を選別して排除する道具になります。事前に分かって心の準備ができるというメリットはありますが。もちろん楽しいお産ばかりではありません。生きて生れるのが非常に難しい条件をはじめから持っている胎児もいます。そのことを妊婦さんに知らせるのはとてもつらいです。それもお互い一つの試練だと思っていますけれど」

表情がかげり、先生は泣きそうになった。そういう現場を思い出したらしい。医者が普段着で涙もろくては権威がないようにも見える。でも私が同じ立場の妊婦なら、いっしょに泣いてくれる医者になぐさめられ励まされるだろう。

私は産むことを待ちのぞみ、お産は三回とも楽しかった。生活は苦しかったが、それから二十三年、子どもとともに生き抜けたのは、あの幸福なお産があったからかもしれない。

「そういえば、ラマーズ法って今でもやってるんですか」

と聞くと大野先生は笑い出し、あんなヒッヒッフーとかヒーフーヒーフーとか練習して覚えることを痛い最中にできませんよ、という。そういわれればそうである。私ったらあんなに一生懸命に練習したのになあ。一時の流行というのはあとから考えると滑稽なものだ。そのうえ、母乳だミルクだ、あお向けだうつぶせだと、保健所の推奨する育児法もなんとめまぐるしく変わるのだろう。それで母親は不安になり、育児が楽しめなくなる。育児放棄や虐待も、ときに苦しい出産から始まるのではないか。

のんびりした気分で駅へ向った。突然、マルクスの用語には「革命の流産」とか「新しい社会の陣痛」とか、出産用語が多かったのを思い出す。はて、ドイツ語では何といったものだろう。

# マレーシア・サラワク紀行

マハティール首相ついに退任。直前に「現在、ユダヤ人は代理人を通じて世界を支配している。十三億のイスラム教徒は数百万のユダヤ人に屈してはならない」とイスラム諸国会議で一発かましてくれた。マレーシアでそこここに掲げてあったマハティール氏の肖像を思い出す。三十代くらいに見える美男子だったが、ニュースに映った顔は七十七。といっても驚くほど若い。

二〇〇三年三月末、はじめてクアラルンプールに行った。マレーシア航空は快適だった。クアラルンプールでは長いから、みんなKL《ケーエル》と呼んでいる。空港はまるでガラス張りのアトリウム、ここで円をリンギットに替える。一万円が三百リンギットになった。

KLは公園都市らしく、都心にも鬱蒼とした熱帯雨林がある。そこに超高層のKLタワーがある。私とNGOのメンバー寄田勝彦氏をホテルで迎えたひげのフセニ教授は「何が見たいか、KLタワーか」ときた。北海道大学の大崎先生は一日遅れる。なぜ大学の先生と作家とNGOメンバーがいっしょに来るのか、分からないようす。

フセニ氏はムスリムで、お酒を飲まない。名物料理サティを一皿注文し、「君らは好きにビールを飲んでくれ」とニヤリとする。KLはきれいな所ですね、というと「サラワクへ行ったらもっと気にいるよ。オランウータンやテングザルに会える」

彼が食事もせず帰ったあと、私たちは物足りずに町へ出た。KLタワーがきらめく。梅田スカイビルのように上の方でつながった超高層だ。九時というのにオフィス街だから人気がない。町は大変きれいで治安もいい。反面、規則もやかましく、ゴミのポイ捨ても罰金をとられるし、大麻など持ち込んだら死刑だそうだ。

地下鉄に二つ乗るとインド人街だった。タワーの周りに比べ荒れた感じで、店もほとんど閉まっている。ちり一つ落ちてはいないが、道路がところどころ陥没して危い。唯一灯りの見えた店でタマゴカレーを食べる。なんとも複雑微妙な味で、しばらくするとどっと汗が出た。もと英領植民地のこの国にはマレー系、華人系、先住民のダヤック系のほかインド系、アラブ系、アフリカ系、モンゴロイドなどが、ただしインドネシアのように抗争せず、複雑微妙なバランスで共存しているらしい。

翌朝、またフセニ教授が「私は授業があって案内できないから、ツアーで町をまわってくれ」と伝えにくる。

市内は自分たちで見られそうなので、半日のカントリーツアーに参加する。イラクとの戦争が始まったばかりなのに、アメリカ人らしき参加者が多いのに驚く。

錫《すず》工場へ行った。社長は華人らしい。働いているのはベールをかぶったムスリムの女性たち。冷房もないのに、長い服の上に白い上着を着て、暑くないのかしら。製品は中国風の花鳥風月の模様が入ったりしてちょっと趣味じゃない。

それからゴムの木を傷つけて白い樹液を出すところを見せられたり、悪趣味としか思えない蝶の羽で絵をつくる工場へ連れていかれたりしたが、最後のブキットヒンズー寺院だけはすごかった。階段を何百段も上がると、巨大な洞窟がそのまま社になっている。少数民族の異教の寺を自国の大自然を利用して作らせるとは、なんとまあ鷹揚な。

ツアーから解放され、華人街で焼豚や青菜の炒めものを食べる。遣り手のおかみは娘がロシアで医学を勉強していると自慢そうだ。年老いた従業員が皿を重ね、長い箸をごっそり束ね、卓の間をくるくる回っている。タクシーに乗ると運転手はハイだった。

「前の王様は七十五のとき十九のお妃を貰った。たぶんバイアグラのおかげ。その前もオクサンしょっちゅう替えた。常時四人いるが、その他何人いるかわからない。オレなんか女房一人いたって頭いたいのによくやるぜ」

英語、上手ですね、というと、

「毎日英字新聞読んで訓練してるんだ。この国で一番の金持ちは中国人、次はオレたちマレー人。インド人は貧しい。あいつらはなまけもんですぐ酒飲むからな。

経済はうまくいっているとはいえないよ。このホテルを見ろ。ハイアットだが、八百七十室もあるホテルをつくりかけて、二年も放ってある。そのうち廃墟になるだろう。あっちに見えるのはコンコルド。マイケル・ジャクソンが一人で来て四百室借り切った。クレイジーな野郎だ！」

夜中にやっと北大の大崎先生が到着した。三人でこれからボルネオ島に渡り、マレーシア側のサラワクを回って、インドネシア側のカリマンタンへ行こうというのだ。大崎さんにきのうの印象を話すと、「KLはシンガポールよりずっといい。一日あれば古都マラッカへ行ってこられたのに。たしかにインド人は多くヤシ園の労働者として働いていて、この国では最下層ですね。イスラム教では妻を五人まで持っていいのだけど、五人持つとそれ以外の女性と何か起きたとき、不倫は重罪なので、四人と結婚して一人分はフリーにしておくんじゃないかな」と解説してくれた。

朝、KLからサラワクの西端クチンへ飛ぶ。昔はボルネオといわれた、世界で三番目に大きな島の南半分がインドネシアのカリマンタン、北半分がマレーシアのサラワクと呼ばれ、その中にまた石油の出る王国ブルネイがある。

クチンは空港からして緑豊かな、すばらしく美しい町だ。

「日本人は東端のコタキナバルあたりでゴルフしてるでしょう。日本から直行便もあるし。クチンなんかウロウロしてるのは僕たちぐらいだよ」

と大崎さんがいう。ここに北大院生のルリの実験地があって、まず彼はその研究の現地評価をしなければならない。われわれはついでにそのお供をして、そのあと環境教育のプロジェクトのためカリマンタン行きである。

空港にはブルーのシャツ、ブルーのジーンズのルリが銀行員のご主人と迎えにきていた。二人ともダヤック族だという。中肉中背のルリは、松たか子に目と口が似ていて、機関銃のような英語を話す。荒っぽく車を運転しながら「何がしたいの」と聞くけど、彼女の方ですっかり決めているみたい。

「サラワクは昔、一人の英国人が持ってた。その後イギリス領。オランダ領だったカリマンタンとどのくらい違うか、比べて見てください。サラワクは相当開発が進み、木は伐りつくしたといってもいい。熱帯雨林を伐採してみんなヤシ園《オイルパーム》にしてしまったから。これも日本人が、合成洗剤より植物性のヤシ油の方がいいなんて言い出したせいなんですよ」

と大崎さん。

ダヤック族の一つイヴァンの織物やあれこれ見学し、夕方、ルリの家へ。ルリの家は郊外の庭つきで広く、一見「奥様は魔女」に出てくるようなアメリカ風なのに、インテリアは置物や絵がマレーシア風でなんともいえない不思議なふんいきだった。牧師だった舅は入院中、元看護師のしっかり者の姑との同居が大変らしい。

「でも主人がいつも私をかばってくれるから」と殊勝なことをいう。一人息子のジャレッドを溺愛しているのが分かる。夫妻はダヤック語とマレー語と英語の三カ国語を話し、ジャレッドは華人系の小学校へ通い、中国語も話す。

友人夫妻がやってきた。ジャレッドの学校友だちだ。二台の車を連ね、海辺のレストランへ。私はその黄さんの車に乗せてもらった。

クチンは本当にいいところね、というと、「セーフでクリーンでピースフルでしょう」とハンサムなミスター黄は自信満々だった。薬会社につとめ、日本に行ったことがあるが、ホテルもなんもかもものすごく高くて閉口した。日本人は英語がうまくないが、あなたのはよくわかる。そのうえとても若く《ルック・ヤング》みえる。

にこにこしながら聞いている妻ジーンは長い髪で少女のようだが、これがあとで聞くと専業主婦どころか、すご腕の会社経営者らしい。「彼女は頭がいいから、夫の給料で生活して、自分の収入は全部貯金してるのよ」とルリに聞いた。

日本の「海の家」のような板張りの仮設の店に着く。そのぺなぺなぶりがいっそ開放的。生きている魚を選び、蒸すか、焼くか、炒めるか、揚げるか、調理法を決める。えんえんとルリとジーンが相談した結果、運ばれてきたのは、イカのフライ、エビの塩ワイン蒸し、魚の甘酢煮、カキの卵焼、アサリのしょうゆ煮、ぜんまいの炊め物、カニのカレー炊め……十人で十品くらいをペロリと平らげる。すべてうまい。ことにあくのないぜんまいをニンニクと干しエビで炒めたのは絶品だった。

ＳＡＲＳが出たからシンガポールには行かない方がいい、フセインを最初の一撃で仕とめないから民間人に犠牲が多くなる、ブルネイは金漬けの国で行ってもつまらない、などと彼らのおしゃべりを聞いて夜は更けてゆく。

翌日、いよいよルリの実験地へ。クチンからシブーへ飛んだ。地図では車でも行けそうに思うが、熱帯泥炭の中を川がいく筋も蛇行しているので飛行機なら二十分だが、車では道と橋のある所を十時間かかる。しかし降りてから実験地までは車でまた三時間かかった。途中ニッパヤシで屋根をふいたさわやかなレストランで昼食をとった。壁はニポンという海辺の木。「ウマイがあるよ」とルリは笑う。白身魚の刺身を日本人が「うまいうまい」というので、当地では刺身のことをウマイというらしい。レモン、とうがらし、塩やしょうゆをかけて、カルパッチョ風にして食べた。

サゴヤシを大きなドラム缶で育て、水のやり方、肥料のやり方でどう気根が出るか、葉の育ちがちがうかなどを調べている。土壌は悪く、肥料となるちっ素やカリは土中にほとんどない。マレーシアではサゴヤシの根から取れるでんぷんでクッキーを焼いたり、家畜のエサにしたり、ペットボトルを作ったりしている。

シブーの町へ行くとルリは名士だ。研究をスムーズに行なうためには男性にウインクするくらいはしてみせる。夜、ルリの華人系の友人たちと食事をする。また大ごちそうだが、バンク、マネー、プロパティとずっとお金の話ばかりだった。「シブーがうまくいっているのはわれわれ華僑の力だ」と自信満々だ。

ホテルへ戻って、同室となったルリと夜中まで話した。

「もう一人子どもが欲しかったけど、これ以上研究を犠牲にはできないわ。いまだって夫には相当助けてもらっている。男は立てなくちゃ。そして従っているように見せてハンドリングするの。アメリカ流のフェミニズムには反対よ。あんなの女を幸せにはしないわ」

なるほど、いいたい気持はよく分かる。ルリの機関銃のような英語が遠のき、私は金子光晴のマレー紀行そのまま、ニッパヤシの青々としげる木の下にいる夢を見た。高い梢にココナツの実がついて、陽がきらきら輝き、それをいつまでも見上げていた。

# 『即興詩人』の忘れ残り

五年ごしでつきあっていた『「即興詩人」のイタリア』を今日、ようやく手放した。長かった。そんなに入れ込んでみたって、部数も多くはないし、昨今の出版事情では以前のように三百五十頁、四百頁などという大冊にするのは不可能である。どの連載も、終わってからゆっくり調べ直したいところが多いのだが、出版界の右肩下りの発行部数では、半年、一年遅れると、それだけ読者へ届く数が減る。うかうかしているると企画そのものが成り立たなくなってしまう。これ以上、書き足したり、図版を入れようなんていわないでくださいね、と忍耐強い編集者はいった。

『即興詩人』というのは一八三〇年代にアンデルセンがイタリアを旅して感興の赴くままに書いた一大ロマン小説で、アントニオという少年をめぐる恋と冒険の成長小説だ。ドイツ留学時代にそれを読んで感銘を受けた森鷗外が、明治二十五年から九年もかけて「しがらみ草子」、のち「めさまし草」に訳載し、明治三十五年にいたって上下二巻の単行本となった。

つまり原著はデンマーク語、鷗外の用いたのはデンハルト訳のレクラム文庫でドイツ語、舞台はイタリア、引用する鷗外訳は日本語の文語文ということになる。それだけでも語学に強くない私には厄介である。英語版も含め五カ国語と、大畑末吉氏の口語訳の六種の本を揃えることから仕事が始まった。それを眺め眺め、物語の現場をたずね歩いた旅の本である。そして鷗外の風格ある日本語と、眼前の風景があまりに一致することに驚かされた。というよりイタリアの風景はアンデルセンの見たのとほとんど変わっていないことに驚いたのだ。いや、カエサルやキケロの見た風景まで眼前にある。

書き足りなかったことだけに少し触れておきたい。

一つは地名や人名の表記である。

ギヨエテとは俺のことかとゲーテいい

という川柳は誰がつくったものかよく知らないが、たしかに鷗外は「ギヨエテ」と書いている。ベルツやナウマンも驚くほどドイツ語が達者であった鷗外のことだから、これとて原語の音に忠実たらんとした鷗外の苦心の表記であることにかわりはない。

『即興詩人』は観光案内でもあって、ローマの遺蹟に始まりナポリ、アマルフィ、ソレントの青い海がふんだんに登場する。鷗外はスパニヤ階段、コリゼヱオ、トレヰの泉、ヱズヰオ山、ヂアナの祠、チヲリといった表記を使っている。しかし私は現在の一般的な表記に従い、本文の中ではスペイン階段、コロセウム、トレヴィの泉、ヴェスヴィオ山、ディアナの祠、ティヴォリなどを用いた。

この統一にはまいった。たとえばVとBを区別するため必ずテレヴィと書かないと気のすまない人もいる。私などは昔からテレビという字面に馴れているので、テレヴィと書かれるとむしろ気づまりである。同じようなことがチボリ、バチカン、ベネチアについても起こる。これをティヴォリ、ヴァティカン、ヴェネツィアと書くのはややうっとうしい。

再校の終り近く、私は本多勝一氏の著書を読んであっと驚いた。氏はヴァ、ヴィ、ヴ、ヴェ、ヴォを用いず、ヷヰヸヱヺを用いるという。鷗外と同じではないか。こうしてみるとチヲリ、ヷチカン、ヱネチアは古臭いどころか、字面もすっきりして根拠と法則がある。またDidoはヂドであり、パソコンでDiと叩くとヂ、Ziと叩くとジが出てくるように、ヂとジを明確に区別している。気づくのが遅すぎた。

河出書房新社の須賀敦子全集を完成させた木村由美子さんにそういうと、ご自分も翻訳家である彼女は、「表記はすべての翻訳者の悩みの種だものね。須賀さんだって決してすべて統一された表記というわけじゃないのよ」
となぐさめてくれた。これから考えたいことである。

もう一つ、この仕事に着手したのは一九九七年の五月だから、まさに須賀さんが亡くなった直後のため、イタリアを旅すると、須賀さんの作品の中に出てくる土地や建物に出くわすたびに涙がこぼれた。「くたびれて坐り込んでしまったゴシック」なんて須賀さんが書いたミラノのドゥオーモも『即興詩人』に登場するのだし。だいたい須賀敦子はイタリアへ行くとき、まだ存命であった父親に、『即興詩人』を読んで、そこに出てくる場所はすべて訪ねるように、と言い渡されていた。

力不足を感じるたび、「須賀さんならこの仕事にぴったりなのに」「せめて須賀さんがいてくれたらなあ」と何度思ったことだろう。

『即興詩人』にかかっているときは、むしろ極力読まないでいた。仕事を終えてのち、須賀さんの本に読みふけり、結局、彼女が異国ミラノで、心細くも胸おどらせて、三十代のはじめにペッピーノさんと、数年とはいえふつうの結婚生活を送ったことが、あらためて大切なことに思えてきた。須賀さん、最初から大学の先生だの、作家だのにならなくて良かったですよ。

私にもある。貧しさがごちそうみたいだった日々。夫の友だちといえば区の福祉職員とか病院の事務員とかキャバレーの支配人で、そのオクサンは看護婦や保母さんだった。帰省中にバッタリ会った友だちは自衛隊に入っていた。そういうふつうの仲間たちと子どもをつれて、釣りに行ったりみかんをもぎに行ったりしたありふれた愛しい日々が、須賀さんを読んでいるとなつかしく思い返される。あの人も何ごとによらず、最後まで「特権的」ではなかった。

鷗外もおそらくそういう一人だったろう。でなければ、留守中に訪ねてきた内田魯庵をすぐに訪問し直したりはしないだろうし、金巾のシャツで失敬失敬と荷風の待つ二階へバタバタ上がったりはしないし、軍医総監の引きつぎをするのにチャリンと鍵一束を渡して終りにしたりはしなかったろうと思う。

イタリアにはおそらく一度も行かなかったであろう鷗外の心境を思いやるのに「我百首」(明治四十四年)は鍵なのであるが、これにもほとんど触れられなかった。上手な歌とは思えないが、いくつかひいておきたい。

斑駒《ふるごま》の骸《むくろ》をはたと抛ちぬ Olympos なる神のまとゐに
もろ神のゐらぎ遊ぶに釣り込まれ白き歯見せつ Nazareth の子も

すきとほり真赤に強くさて甘き Niscioree の酒二人が中は
何事ぞあたら「若さ」の黄金を無縁の民に投げて過ぎ行く
善悪の岸をうしろに神通の帆掛けて走る恋の海原
Messalina に似たる女《をみな》に憐を乞はせなばさぞ快からむ
怯えたる男子なりけり Absinthe したたか飲みて拳銃を取る

四首めはことに、吉井勇「ゴンドラの唄」あの「いのち短し恋せよ少女《おとめ》」のもとになった『即興詩人』中のヱネチア俚謡を思わせる。七首めは主人公アントニオと恋仇ベルナルドオの決闘のシーンを。横文字をそのままにした斬新な歌群ともいえよう。

なぜ、そう名作ともいえぬ長大な『即興詩人』を九年もかけて倦まず訳しつづけたのか、ということが私にとって謎であった。夜ふけ、一人しずかな書斎で、鷗外は何を想っていたのだろうか。

書《ふみ》の上に寸ばかりなる女《をみな》来てわが読みて行く字の上にゐる

その幻の妖精とは、もしかして主人公の歌姫アヌンチャタの姿をとったドイツ時代の恋人エリーゼではなかったろうか。そして、『即興詩人』は鷗外にとって二度と訪ねられぬヨーロッパ世界、二度と戻り来ぬ青春への憧れそのものだったのであろう。

もう一つ、多く触れずに終わったのは「即興」の持つ力である。十八世紀から十九世紀にかけて、ローマにもナポリにも、即興詩人が出て喝采を博したという。その具体的事例については河島英昭『ローマ散策』(岩波新書)などにも挙げられている。

先日、中村紘子氏の「国際コンクールの光と影」にあるリストの話を読んで、あっと息をのんだ。リストは王侯貴族の目前で次々と即興でピアノを弾じ、人びとを熱狂させた。貴婦人たちは首飾りや耳輪をむしってリストめがけて投げつけ、リストの落としたハンカチを二人の公爵夫人が拾おうとしてつかみあいの喧嘩をした。リストとの間に三人の非嫡出子を産んだ伯爵夫人すらいたという。リストはハンサムで色っぽくて、古今の学問、芸術に通じていたにしろ、まあ、即興の力、恐るべしである。リストの曲は作曲ではなく即興だったのだ。いまやほとんどの音楽はジャズなどを除いて〝再現芸術〟になってしまったけれど。

日本でも、三遊亭円朝などは即興でいくらでも作り、たとえば「小室山の御封、玉子酒、熊の膏薬」で作った三題噺が名作「鰍沢」である。この自由な即興の力はいまはかなり衰えているといわざるをえない。寄席芸でいえば正楽師匠の紙切りくらいだろうか。この力を衰えさせないためには「詩のボクシング」なども有効かもしれない。

以前、ペシャワール会の中村哲医師から、パキスタンやアフガニスタンの村の人びとは夜どおし、即興の歌をうたい客人をもてなすと聞いた。「文字が書けないから文化水準が低いだなんていえない。いやはやたいしたものです」と中村さんはいった。

前章で書いたように、この三月、ふたたび私はインドネシアのカリマンタンの奥に住むダヤック族の家に泊めてもらった。数人の日本人を歓迎するために村中の人が集まった。女性たちの艶麗な踊りのあと、弦をならし太鼓を叩き、長老が歌う。すると若者がそれにかけあう。アイヌ語でいうチャランケ（歌問答）のようなものが歌い手を替えながらえんえんとつづいた。内容はダヤック語なので分からなかったが、ときどき村人はどっと笑い、やんやとはやしたてた。さいごに長老は負けた、とでもいうように首を振って立ち去った。若者たちが凱歌をあげる。誇り高き即興詩人たちがまだここにもいた。

# 蔦温泉で死んでもいい

秋田の小坂銅山に重要文化財の康楽館といういまも使われている芝居小屋と、その鉱山事務所を見にいった。その帰り、これも国の史跡の大湯のストーンサークルを見学して、大湯温泉に泊まる。

大湯も昔は十和田への中継地として栄えたらしいが、いまでは宿も数軒しかない。交通が便利になり、一日盛り沢山に見物できるので、観光バスは素通りしてしまうのらしい。便利になって、旅館や食堂や土産物屋が立ちゆかなくなる例は、いたるところで聞く。

五月末には高野山の宿坊に泊まったが、ここでも昔、金剛峯寺にお参りする人びとはふもとでまず一泊、それから急な坂道を尻を押されて上がり、宿坊に泊まったが、いまでは車で一気に上がり、奥の院までバスが入っている。宿坊では昼の精進料理だけ味わうというケースが多い。自分の足でようやく登りついてこそ、霊場のありがたさもひとしおだと思うが、いまは滞留するのは一、二時間、土産店で十五分、さあっと下って紀伊勝浦温泉あたりで団体宴会料理を食べて〝びっくり値段〟ツアーなのだと参加者に聞いた。

大湯温泉の宿では地元の食材の料理が並んだ。風呂もよく、湯殿の窓からは広々と川と土手が見渡せる。

「きれいな所ですね」と感心したが、次の朝早く散歩したら、町は色も形もまちまちでさびれて見えた。車がビュンビュンとばす国道ぞいを小学生が歩いていく。危いな、どうして一本裏に歩行用道路をつくらないのだろう。宿の人に聞くと、やはり事故があるらしい。都会の人はわれわれの税金で田舎に不必要な道路をつくる、と怒るが、それは自動車のための幹線や農道であって、老人や子どものために必要な生活道路はむしろどこでも足りないように見える。

昼すぎ、十和田湖畔に着いた。

ごはんの時間だが、気のきいたレストランもない。昔ながらの土産物店併設食堂で、カレー、そば、親子丼、ラーメンくらい。それでも客引きはあちこちに立っている。入ったところは、地下食堂。向うの方には団体客を待ってすでに料理が並んでいた。これほど風光明媚な湖畔なのに窓もないとはもったいない。味噌ラーメンかチャーシューメンか、こうなると〝当たり〟より〝外れが少ない〟ことを願うしかない。

「ふつうのラーメンありますか」

「ありますよ。チャーシューメンと同じ値段で六百五十円ですけど」

そう強気にいわれるとかなしくなった。

「国立公園内は新しい店が進出できませんからね。既得権だけでずっと商売してるんですよ」

と土地の同行者。こういうところだけは規制緩和が必要かもしれない。

かねてから一度、泊まってみたいと思っていた蔦温泉に三時に着いた。山の中の一軒宿で、破風の玄関をもつ大正時代の本館は黒光りしている。下足は木の札である。

あやうく、ドア付きの立派な別館に案内されそうになったので、「私、古い建物のほうが好きなのですが」というと、エプロン姿の仲居さんは、「今日はどこでも空いてますから」といやな顔をせず安い方に変えてくれた。「足は大丈夫ですか」「大丈夫です」。本館を案内してくれたのち、トントンと七十段くらい上がった、新館といっても戦前建築の三階に案内された。

「お一人ならこぢんまりしてよいでしょう。景色もここが一番いいですし」

と通された六畳はまさにわが理想とする場所。縁側に白い清潔な布のカバーのかかった椅子が二つ、木枠の網戸の外はブナの森、北国の遅い新緑が目にあざやかで、シャガやシヨウブも咲いている。

「ただ、別館より食事が少し落ちますが」

「落ちるって、質がですか？」

「いえ品数ですけど」

「それなら結構です」

荷物をおき、手拭い一つ持ってわくわくと階段を下りる。あせるなあせるな、お風呂に入る前に森林浴をして汗を流そう。靴をはき、蔦温泉をめぐる沼の探勝路三キロほどを歩く。ゆるやかな起伏にしたがい、幹にまだらの特徴のあるブナの原生林が広がる。誰もいない。うぐいすが鳴き、ギシギシいうのは蛙だろうか。シダの緑が濃い。沼に西陽が当たりキラキラひかる。

森の中にいると人事を忘れ、仕事を忘れた。蔦沼、鏡沼、月沼、菅沼……いくつもの沼、といっても澄んだしずかな池をすぎ、ぽんと宿の裏に出る。


世の人の命をからむ蔦の山湯のわく処に水清きところ

そう個性的な歌ではないが、蔦温泉を世に紹介した大町桂月の歌碑である。彼がここをはじめて訪れたのは明治四十一年だが、大正十年再訪しておちつき、大正十四年にここで亡くなっている。国道の向う側にはお墓があった。

極楽に越ゆる峠の一休み蔦の出で湯に身をば清めて

小説偏重の文学史には載ってこない名前だが、美文、紀行文の祖で一世を風靡した。歌や随筆や未醒、百穂との交友をみると、欲の少ない、旅と酒を愛した人らしい。いい気なもんです、とはこういう男に対し、家に残され子どもに縛りつけられた女のいうセリフだが、このところ私も家と子どもから逸脱が可能になったので、それは不問にふし素直に湯につかる。

湯殿に入ると、ヒバだか何か、ぷうんと木の香りがする。黒い木組みの底から透明な湯がボコボコと上ってくる。それが四辺の一つからひたひたと流れ出す。この熱い湯に長くはつかってられない。木壁を背に、溢れ出す湯にひたってぼんやりする。

夕食は「品数少ない」どころか、みず、ふき、たけのこ、なめこ、わらび、しいたけの山菜のほか、イワナの塩焼にホタテのお造りが出た。さらにしめじの土びん蒸し、鴨鍋と熱い汁が二つもあってうれしく、さらにさらにホヤの塩辛がついている。過不足ない量の、酒の肴に絶好のメニューであった。

「もう少しすると蛍がいっぱい」

と仲居さん。

「あまり広くて迷子になりそうですね」

「あら、そしたら捜索隊出しますよ」

と笑った。マニュアルどおりでない応待になごむ。

寝ては湯につかり、寝ては湯につかり。こうなると山を降りたくはなかった。翌朝、帳場の老人から『酒仙、鉄脚の旅人、大町桂月』を買ったが、この方が編集発行人で宿の主人の小笠原耕四郎氏らしかった。もう少し話を聞いてみたいと思ったが、言葉少なに頭を下げる主人に、私も黙って頭を下げ、十時三分のバスに乗る。

夕方五時十五分の飛行機の券を持っているのだが、都市の施設・観光名所などそう見たくはない。三十分バスに乗って酸ヶ湯温泉で途中下車。ここは蔦温泉よりずっと大規模で、仲居さんのエプロンが制服に変わった分、応待がビジネスライクである。それでも六百円払って「ひばの千人風呂」に入る。

脱ぐところだけ別で混浴である。何も気にならない。もっとも向うも気にしていない。函館から来たというおじいさんが、「おくさん、旦那と来たさ?」と聞く。とりあえず

「ええ」と答える。「あたしは今年はやっと二回来たさ。三日三めぐりといって十日いるべ」。熱湯、四分六分、など三つのお風呂がある。四分六分にはおばさんが数人かたまってた、「私ら三沢からだ。ちょうど山芋さ掘って田んぼ植え終わったところ。まんず米は手がかからない。キャベツや菜っぱ、つくってりゃ、いまがいちばん。忙しいけんど」

十二時近くのバスで青森へ。あと数時間つぶすために郷土資料館へ行く。各フロアに制服の女の人がいるが、暇そうにおしゃべり。館員は十数人はいるらしいが、観覧者は三人だ。重文クラスの土器や昆虫や農具も並ぶが、どうしても死んだモノの展示である。モノよりそれをつくったヒトに興味のある私は早々に町に出た。

といっても、なんと退屈な町なのだろう。県庁所在地に行くといつも思うことだ。県庁、市役所、裁判所、県会、税務所、物産館、そんな巨大で閑散とした建物、やたら広い道路、これまた広い妙なカラー舗道。ひとつ信号を渡るたび、短調の「通りゃんせ」が鳴る。官の力が圧倒し、民の力がいたって弱い。目抜き通りを通ったが、ここでも駐車場とシャッターの降りている店が多い。人がいるのは携帯ショップと足裏マッサージ屋のみ。「生き生きした県政めざして、夢を叶えましょう」、女性問題をきっかけとした出直し知事選の拡声器音が白々しく町にひびく。

そこから空港行のバスが出るときいて、アスパムなる海辺の三角の物産館へ行った。これも何の補助金で建てたかしらないが都市の規模に不釣合な建物だ。入ると皇族の着るような変わったデザインの帽子スーツの女性が頭を下げる。

「ちょっとリュックを預ってもらえますか」

「お荷物のほう、この先にコインロッカーがございます」

マニュアル通りのいんぎんな標準語が返ってきた。リンゴジュースを買い、暇つぶしに三百六十度のジオラマを見ることにした。

「お飲物のほうは中にはお持ち込みになれないことになっております」

何百人も入れそうなホールに客は四人。帽子スーツの女性は「ビデオ撮影はお控えください」といって部屋を暗くした。どう見たって四人とも手ぶらなのにね。

大音響で青森を紹介するジオラマが始まる。「いこいとやすらぎを求めて」というような紋切り型のナレーション、「訪れる人は青森人の熱き思い、限りないやさしさに触れることができることでしょう」というのでなんだかぐったりした。

あーあ。山を降りるんじゃなかった。

しかしさっき降りてきた山道の片側にはズラリと何百台もの自家用車が止めてあった。「何ですか」と聞くと、「ネマガリダケを掘るのさ。先頭のトラックが高く買ってくれる」という。山の中だってもちろん、資本主義から逃れようもないのだった。

# 西湖——五感の解放

中国のコウシュウといえば広州と杭州の二つがある。「食は広州にあり」の広東省広州と、浙江省杭州。土地の人はハンヂャオと平らに発音する。まず、これができなくて困った。

上海から車を飛ばして、私が杭州に着いたのは夜の七時すぎだった。町は何の変哲もない。イルミネーションに飾られた大廈高楼、町のその明るいさびしさが、子どものころを思い出させ、胸をしめつける。

走っているうちに水辺に出た。めぐる道路は広く、プラタナスの並木がつづく。中国では何と呼ぶのだろう。幹には白いまだら模様があって、手のひらを広げたような葉が黄色く色づいている。

西湖だ。まわりに何の柵もない。岸が水にストンと落ちて、水際には柳。堤のまわりを目測すると上野の不忍池くらいの大きさに見えた。行く手に白い月がこうこうとかかる。
何何茶館と書いたネオンが、たまに現われては消えた。丘を背後にしたホテルに着く。新新飯店、これが今夜の宿である。「杜子春」や「南京の基督」を書いて中国に関心の深かった作家、芥川龍之介が泊まったという。

一九二一年、というから大正十年の春に、二十九歳の芥川は上海から杭州へ、汽車で来た。

上海から杭州への列車の窓から、芥川は菜畑を見ている。げんげ畑を見ている。羊を見た。水牛を見た。私には高速道路沿いの柵の上にビルの先っぽしか見えなかった。それがちょっと口惜しいが、ともかく杭州に着いたのは同じく夜の七時である。停車場には旗を振り回す宿引きがたくさんいて芥川の鞄へ手をかけたそうである。

「何分か待たされた後、怪しげな背広を一着した新新旅館の宿引きが、やっと我々の前に現れた時には、やはり正直な所は嬉しかった」

新新旅館はまだ遠いのかね、という芥川に、車夫が「十里!」と返事をした。「して見れは今夜は断食である」と情なくなって、十分もたたないうちに、旅館に着いた。中国の十里は日本の一里ほどらしい。

新新飯店は玄関を見るところ、新しくて何の趣味もないふつうのホテルだ。中級といったところか。フロントの嫋嫋《じょうじょう》たる女の子は、同行のYさんがパスポートを示すと、あなたは入国してから三十日以上たっているので、別に中国での就業証明書がなければ宿泊が認められない、とまくしたてる。嫋嫋どころか気が荒い。スラリとした彼女もあと三十年もたてば、あの口論ばかりする太った太太《おばさん》になるのだろうか。黒服に長髪のYさんも、負けじと中国語でやり返す。香港のフィルム・ノワールの俳優みたい。私は内心面白がって黙して立っていた。

芥川もこの宿でいい事ばかりではなかった。食堂はもう閉まったから西洋料理はできない、といわれ、「給仕が持って来た皿を見ると、どうも食い残りか何からしい」。下のサロンへ降りるとヤンキイ、すなわちアメリカ人たちがぐいぐい酒を煽って大声で唄をうたう。不機嫌になった芥川は〝水戸の浪士の十倍ほどの攘夷的精神〟に燃えたそうである。

トランクを引いて私が案内されたのは旧館の三階。エレベーターが開くと風景はガラリと変わり、壁は臙脂《えんじ》色の木で、室内もほの暗く、クラシックで落ちつく造りだった。廊下に昔の「新新旅館」時代の古写真がある。芥川のころを想像しながら、長旅の私は布団にもぐり熟睡した。

往来を通る車の音で目が覚める。寝るときはずさなかった腕時計に目をやると七時。飛び起きてベランダに出る。なんたる風景であろう。三階までプラタナスは茂っているが、木の間にはひたひたと湖水が見える。空は朝焼けを過ぎて黄金に輝いている。音は車だが、多いのは自転車だ。人の姿は逆光で黒いシルエットに見える。

下に降りていった。

「ホテルの前の桟橋には、朝日の光に照された槐《えんじゅ》の葉の陰が動いている」

と芥川は書いている。してみるとプラタナスは槐かしら。ホテルの男性に指さしで漢字を乞うと、「鈴懸《すずかけ》」と達筆だった。なるほど「鈴懸の小径」か。のちに別の人に聞くと、これは「梧桐」だと教えてくれたのだが。

きのう、なんだ、不忍池ぐらいね、と思ったのは西湖にとって失礼な話で、これは岸と堤で囲まれたほんの一部で、西湖は不忍池の二十倍、西洋風にいうと三百ヘクタールくらいはあるらしい。

「これは昔白楽天の築いた、白堤なるものに相違ない」

バイディ（Baidi）と標識がある。この堤には橋が二つある。右手に錦帯橋、左手に断橋。そこだけ堤が盛り上がり、下を小船が通る。既視感とでもいうのか、これこそ私が子どものころからずっと思い描いていた中国だ。柳の堤を歩いてみたい、と思った。

朝早くから西湖《シーフー》へ、西湖へと人びとは群集する。まるで湖に吸いよせられるように歩いてくる。中国人は西湖が大好きらしく、赤い幟《のぼり》を立てた団体観光客も朝っぱらから堤を埋めている。それだけではない。老年にさしかかった小太りの人びとも、あちこちで体操をやっている。リーダーらしき人が

イー、アール、サン、スー、

と号令をかける。手をあげたり、足をあげたり、腰をひねったり。毎日どのくらいやるんですか、と聞くと、

「二時間！」

というのだった。澄んだ空気の中で、退職後の彼らには健康的な暇つぶしかもしれない。団体行動に馴れない人は人民中国にもいるらしくて、木陰で唯我独尊に太極拳に没頭。ベンチでお喋りに夢中の人。犬の散歩。小さな小さな爪をあげるおじいさん。たくさんの白いヨットの模型が池に浮かんでいる。

西湖へ、西湖へ。

杭州の人びとは、心くつろぐ眺めだけでなく、西湖を使い倒して五感の解放を行なっているみたいだ。

自転車を借りて、白堤を走る。自動車は入れないが貸し自転車はあった。左手の山には宝石山が朝日にきらめいているし、右手には広い広い湖の中に島影、向うに大都会杭州の

ビル群が霞んで見えた。

「ちょっと前まで岸辺にレストランが多かったけれど、排水が湖を汚染するというので、いまは茶館ばかりです」

と長い足をもて余し自転車を操るYさん。

芥川は新新飯店の前の桟橋から小船に乗った。「唯白木綿の日除けを張ったり、真鍮の手すりをつけたりした、平凡極まる小舟」というが、白木綿の日除けがはたはたと風に音をたてたりしたら風流なものである。

段家橋頭猩色の酒　　楊鉄崖
十里の沙隄明月の中《うち》　白楽天

芥川が書きとめた諸家の詩を眺めていると、しきりと昔読んだ唐詩が口をつく。「蛾媚山月半輪の月」とか「客舎青々柳色新たなり」とか、五言絶句、七言律詩の一節が頭に浮かんでは消える。

西湖十景というのがある。
・断橋残雪

・平湖秋月
・曲院風荷
・蘇堤春暁
・花港観魚
・南屏晩鐘
・雷峰夕照
・柳浪聞鶯
・三潭印月
・双峰挿雲

漢詩漢文にくわしい芥川はこの一つ一つを愛でたであろう。

「右は即ち孤山である。これも西湖十景の中の、平湖の秋月と称するのは、この辺の景色だと教えられたが、晩春の午前では致し方がない」

杜牧に「江南の春」という文があったのを思い出した。いまは秋、「曲院風荷」は緑の蓮の葉の中に桃色の花が点々とするのが美しいのであろうが、芥川の年をはるかにすぎた私には敗荷、すなわち枯れ蓮も妙に心にしみるものであった。

白堤はすぐに尽きてしまい、こんどは蘇東坡が築いた蘇堤を走る。

ここでも町の人びとは木陰で麻雀の卓を囲み、男女腕を抱いてダンスに興じている。中国人は戸外の使い方がうまい。こんなところで老後を過ごすのもいいなあと思う。木のいい匂いをかいで、鳥の声を聴いて、風に触られて、茶卵や粽《ちまき》を味わいながら、やさしくなびく柳に目を憩わせる。

芥川は詩人兪曲園の別荘を見た。蘇東坡も別荘を持っていた。

「玲瓏玉の如き我々なぞは、未だに別荘を持つどころか、売文に露命を繋いでいる」

と嘆いてみせて、その実、かの国の詩人たちの俗臭を嗤《わら》っている。

「お国の詩人は別荘を建てるほどお金持ちなんでしょうかネ」

と私が尋ねると、Y氏の友人喬さんは、

「だって白楽天も蘇東坡も科挙に合格した官僚ですよ。だから堤を築いた。詩人としてもうかったんじゃなくて、高級官僚はいまでもカネモチです」

と笑った。なるほど迂闊な質問である。

蘇堤にも跨虹橋や望山橋や、いろいろいわれのある橋がある。芥川の尋ねた銭塘名妓蘇小小の墓、五・四運動の革命家秋瑾女史の墓、英雄岳飛の墓へも墓好きの私は行ってみた。岳飛は十二世紀に北方から攻めてきた女真族の金と戦った北宋の将軍である。主戦論の岳飛を、恭順派（投降派）の秦檜《しんかい》が毒殺したという。立派な土饅頭の岳飛の墓には「宋岳鄂王の墓」とあった。その前に秦檜とその妻、張俊、張葛らが後手にしばられてひざまずく鉄像が並んでいる。

「みんな悪い人たちです」

と喬さんはいう。秦檜は英雄を殺したために民衆的にひどく憎まれて、この像に小便をひっかけていくものさえあるそうだ、と芥川は書いている。

「全部いい人も全部悪い人もいないと思うけど……」

と私はへたな英語で答えた。

午後、昔日本人租界のあった下城区へ向う。かろうじて路地が残り、日がな一日路に座る老人たち、井戸から水を汲み洗濯に精を出す女たちを見た。この生き生きした空間ももうすぐ取り毀され、六十年ここで暮らしてきた老夫婦は引っ越すのらしい。

「ここの暮らしが好きだが、市の方針だから反対してもしかたがない」

十六歳で結婚したおじいさんはいう。

ここの暮らしのどこが好き？　と聞くと、

「なんたって西湖《シーフー》に近いから」

と遠くを見る目になって指さした。その眼の色はうすくとび色だった。人生は苦い。思うようにはいかない。

君看双眼色《きみみよそうがんのいろ》　不語似無愁《かたらざればうれいなきににたり》

これも芥川の愛した一節を思い出す。路地という、人びとの大切な領域を犯した気がして、私はなにがしか切ない気持ちとともに、謝してこの路地を辞した。

# 南方熊楠のコスモス——中瀬喜陽氏に教わったこと

三年前に、世界遺産候補の熊野三山をめぐったことがあった。那智大社の火祭りまで見た。その帰り、南紀白浜空港に向う途中、南方熊楠記念館への道標を見かけたが、もう見学する時間は残されていなかった。

といっても私は熊楠のよい読者ではなく、通り一遍の知識しかない。今回も記念館を訪れるだけにしようと思ったが、『太陽』で熊楠を特集したことのある秋山礼子さんが、あそこまで行ったら神島《かしま》は上陸した方がいいですよ、という。熊楠のフィールドだったところで、そこへ渡るには市役所の許可と立会いがいる。市の担当の西村鋼児さんは親切で、神島だけでなく、公開準備中の熊楠の旧宅や熊野古道のあとも案内してくださった。

「もう少し詳しく話してくださる方に頼んであります」というので、待っていたら、『覚書南方熊楠』（八坂書房）はじめ、南方熊楠研究では第一人者である中瀬喜陽先生が来てくださりおそれいった。こちらはほとんど何の準備もない。でも地元の高校の国語の先生であった中瀬先生は気さくな方だった。

「私は、東京時代、白山の本屋に住み込みの小僧をしましたよ。小林芳文堂といってね、いまはビルになってしまったが、上にまだあのころのおくさんがおばあちゃんになっているようですね。そこから東洋大学に通っとりました」

——先生はいつから南方熊楠を研究されたのですか。

「一九六五年くらいですね。十歳も年の離れた妹が、平田という家に嫁に行った。相手は私の旧制中学の友人でよく知ってましたが、挨拶に行ったらそのお父さんがね、ゴムバンドでとめた葉書の束を出してこられた。あまり興味はなかったのですが、見てほしそうにしてますのでね、南方先生とこへ、きのこを届けに行ったんや、と話がはじまった。その人は生物の教師で南方熊楠の研究の協力者だった。私は国語の教師なので粘菌やきのこのことは分かりません。でも一枚だけ分かるのがあった。それには私の家に出入りするに当たり注意してほしいことがある。それはどんな話も筆記してはいかん、覚えて帰れというんですわ」

メモをとっていた私の手が硬直した。初対面の方の前で物欲しげにせっせとメモをとる、そういう根性を中瀬先生に見抜かれたような気がしたのである。

「熊楠の字は蝿頭文字と自分でいうくらい、ハエの頭みたいなんです、その葉書の束を預って帰って解読したのがはじまりです。ようやく七、八割読めるようになったのをガリ版で切って百部ほどこしらえ、欲しい人にあげていた。

そのとき感じたことは世間でいっているような人とはちがうなということです。年中裸で、女房を刀で追い回す奇行の人みたいに土地ではいわれていた。先の平田寿男は熊楠の四天王といわれてましたが、あとの三人の遺族も訪ねました。どの家でも書簡を大事に持っている。熊楠は手紙魔でしたが、もらった人はみんな持ってる。つまり捨てられない何かがあったということです」

人間的魅力というものなのだろうか。熊楠は昭和十六年に亡くなり、その妻や弟、かつての協力者たちもすでに亡くなっていた。

「お手伝いさんをしていた方を探し出し、感動する話もありました。やめるとき先生からもらったものがあるんやといってね、おばあさんが箪笥のひき出しをあけて見せてくれた。お嫁入りの着物が大切にしまわれていて、その中に短冊が一つはさんでありました。あなたは二年間よくつとめてくれた、というようなことが書いてあり、

一遍も叱られぬ春の名残りかな

という句でした。夜明けとともに父に迎えられ家に帰ろうという朝、熊楠先生が門口に

待っていて、何もあげるものがなくて悪いね、といってそれをくれたそうです。熊楠の家も余裕がないくらい困っているし、あのころはいい家で行儀見習いするのは嫁入り前の心得で、給金なんてほとんど出なかったでしょう」

南方熊楠は一八六七（慶応三）年四月十五日、和歌山城下の金物商南方弥兵衛の次男として生れた。小さいころから知人の家の本を記憶して帰っては自分で筆記した。和歌山中学を出て、一八八四年、東大予備門に入学。同級に夏目漱石、正岡子規らがいる。学校の成績はよくなかったらしい。

「学校には拒絶反応があったようです。あんなつまらんことをやってられるかと。人間の興味は全体的なもので、自分の好きな一つことに集中したい。ずっと考え、ずっと調べたいのに、一時間ごとに国語、次は数学なんてカリキュラムはもともと彼にはあてはまらない。東京時代は神田あたりに住んでましたが、よく替わったので、お母さんがまた下宿を替えたのはどういうわけかとその理由を問うた手紙があります」

——東大を落第、退学してアメリカ、キューバ、ハイチを経て、ロンドンへ渡り、大英博物館で勉強するのですね。そのお金はどこから出たのですか。

「お父さんは商売上手で、西南戦争の米相場で相当もうけました。でも熊楠が外国へ行くときはやはり反対しました。あの当時は水盃、今生の別れですからね。お父さんは別れの乗船場でうつむいていたと書いています。そしてまさにアメリカからイギリスへ渡る船の中にいるときお父さんは亡くなった。仕送りをしたのは熊楠の要求が強かったからでしょうね。

お父さんは長男とは親子の縁を切ってますし、結局、早稲田の商科を出た弟の常楠さんが跡をついで、酒屋をはじめ、果実酒などを作っていた」

——熊楠は大英博物館の嘱託となり、東洋関係図書の目録の編纂などの手伝いをしながら膨大な抜き書をつくった。そのあと三十三歳で帰朝し、三十七歳で田辺に定住するわけですね。

「ロンドンで筆写したものは、社会科学の本が多く、彼を社会学者と呼ぶ人もいます。帰ってからは和歌山県下の那智、神島の森の中に分け入り、植物、ことに粘菌の採集をつづけ、英国で出している『ノーツ・アンド・クィアリーズ』はじめ科学研究誌に投稿しました。まあ十八カ国語できたというのは伝説と思いますが。

熊楠はコレクターですから全部おいてある。捨てたものは何もありません。それがときどきどっさり何か出てくるんです。貰った手紙にしても、もうないだろうと思うと、借家にしていた家の下の方から二千通ばかり出ました」

——ずいぶん珍しいものを集めたんですね。

「あした白浜の記念館に行かれたら、ウガといって尾にきらきらした玉のようなものがついた蛇とか、オンドリの卵とか（笑）、いろいろありますからぜひごらんになってください。近隣の理科の先生方が協力者となって、発見したものに、熊楠と共同で名前をつけて発表したり、その人たちも個人名で論文を書いて発表しています」

——熊楠の研究の特徴は何でしょうか。

「学問が今のように専門分化してないので、興味あることは何でもやっています。それと丹念というかしつこいというか、きのこの裏のひだを全部数えあげたりしてね。『論語』に

それを知るものはそれを好むものにしかず
それを好むものはそれを楽しむものにしかず

という言葉がありますが、まさにそれですね。

本当に楽しんでいました。自分の飼っている亀の背中に藻を植えて蓑亀《みのかめ》というのをつくる。それが水槽の中を藻をゆらゆらさせて泳ぐのを見て喜ぶ。浦島太郎が乗ってたのはこんなんかな、と客にも見せる。それで借金とりもすっかり忘れて帰っていったなんて話もあります」

——熊楠の日常生活はどんなものだったのでしょうか。

「まあ、いまごろの気候ですと素っ裸ですね。酒は相当飲みましたが、大正十二、三年ころきっぱりやめた。一人きりの男の子が不幸にも病を発症し、熊楠は自分の飲酒のせいではないかと思ったんです。ただし煙草はやめられず、日記に「われ、煙草に大害のあるを発見せり」と書いたかと思うと、三日とつづかず、「下女をつかわして一箱もとむ」と書いています。ビフテキが好きで、田辺レストランという昔からの洋食屋からよく取ってました。ココアなんかも好きだったようです。また神官の娘である妻松枝は洋食がだめで、柑橘類の病気予防のためアメリカの農商務省から招かれたのを断わったのもそのためだといいます」

——人づきあいはよかったのでしょうか。

「話し好きで毎日、銭湯に通っては聞いた話を柳田国男に書き送ったりしています。「初物を食べたら七十五日長生きする」という言い伝えについて、その実例を書き送っています。死刑囚が最後ののぞみを叶えてやるといわれ何か初物を所望したので、それができるのを待って与えて、死刑を執行した。それがちょうど七十五日目だった、とか。そういう話は当用日記に書き留める。あふれるとうしろの住所録や関係ない余白に書きつける。記憶力に長《た》けていて聞いた話を書き、わからなくなるともう一度聞きにいった。モノだけでなく話のコレクターでもあったのです」

——昭和天皇に会ったときは嬉しそうですね。

「正当に評価してもらったのはそのとき初めてだったからでしょう。あいつは読めへんのに洋書持っとるで、くらいで奇人変人と思われていたんですから。

熊楠は田辺を離れなかった。粘菌の発見は庭の柿の木のうろで、安藤ミカンの改良もこの庭でやりました。なにも東京へ行かずとも、世界をとび回らなくても、世界的な研究はできるということですね」

中瀬さんの一言一言は私の心に響いた。お会いできたのが僥倖のようであり、なんともいえない喜びが残った。二十代の熊楠は大変な美男子で、目は強い光を放っている。五十に入って煙草をくわえ、採集に出かける熊楠は勝新太郎みたいだった。

翌日、記念館で私は「ウガ」や「オンドリの卵」やいろいろ見た。なかには上野寛永寺の石というのもあり親近感が湧く。私はモノのコレクターではないが、自分にとっていちばん好きなこと、話の採集はこれからも楽しみながらつづけよう、と青い海と神島を眺めて心に決めた。

# 「清光館哀史」その後

高校三年の国語の教科書（筑摩書房）に柳田国男「清光館哀史」が載っていた。授業中、何度これを読んで胸ふるわせ、北の浜辺の盆踊りをかなしく思い浮かべたことだろう。三陸リアス式海岸のどこかに小子内《おこない》という集落があることはそれで知ったが、地図のどこを眺めても発見できなかった。

大正八年、貴族院書記長の要職を辞した柳田は長い東北の旅に出た。辞職は貴族院議長徳川家達《いえさと》との確執によるものだという。盆の十三日に、一行は久慈から歩きに歩いて、とある集落に着く。当時鉄道はまだ通っていなかった。

「あんまり草臥《くたび》れた、もう泊らうではないか」

何度も読んだ冒頭の一文。柳田のほかに遠野の民話研究家佐々木喜善、慶応幼稚舎の若い教師松本信弘である。宿は選びようもない。

「清光館と称しながら西の丘に面して、僅かに四枚の障子を立てた二階に上り込むと、果して古く且《か》つ黒い家だつた」

新盆で取り込み中の家に泊めてもらい、その夜、柳田たちは浜で不思議なしずかな女たちだけの盆踊りを見る。なにヤとやーれ、なにヤとなされのう……。六年後の大正十五年、汽車が開通して柳田がふたたび訪れてみると、すでに清光館は壊れてない。しかし浜の娘にその盆踊りをたずねると、たしかにかの不思議な文句をつぶやくのだった……。

それだけの話である。それだけの物語が私の心に深くしずんでいた。これは『雪国の春』という書物に収められている。岩手日報社の取材で種市《たねいち》へ行く仕事があって、「近くに小子内という所はないでしょうか」と聞くと、日報の学芸部長小原守夫さんがすぐに調べてくれ、土地生れの郷土史家中村英二さんにも連絡をとってくださった。中村さんは九十二歳、ご自身で八戸から車を運転してこられた。

――私が生れたのは清光館のあった前の丘ですが、ここらの人は柳田国男先生のことも清光館哀史も知らなかった。国語の教科書に載って、高校の先生方や愛読者が訪ねてこられ、やっと気がつきました。小子内も昔の面影はなくがっかりされるかもしれません。ともかく碑だけでも、と思ってみんなで建てました。

「今夜は初めて還る仏様も有るらしいのに、頻りに吾々に食はす魚の無いことばかりを嘆息して居る」

――私は明治四十三年の生れで、その時十一歳になっておったわけですね。この辺の人は清光館とはいわなかった。ただ菅原の家といっておった。小子内の人でなく、侍浜《さむらいはま》という盛岡藩の持っておった飛地の生れで、そこでは二十数代つづく旧家だったそうです。駒足という小さな船で八戸との回船業を営んでいた。初めはイワシをとって肥料用にしていた。そのうち、昔はここらでもカツオがとれたので、カツオ節の工場を建てたが、そのころはもう不漁になり、しかも脂ののったモドリガツオは節には向かなかったんです。それで当主の連次郎はがっかりして死んでしまい、菅原家は没落したのでしょう。奥さんは何していいやら、昼は人を寄せて酒を飲ませ、夜は漁師たちが泊まるようになった。松明《たいまつ》をともして家は煤でまっ黒だったということです。

脳溢血で連次郎が亡くなったのは前年の二月ですから、柳田先生が見えたのは実は二度目の盆だったわけですが、この地方では三年間は新仏《にいぼとけ》として供養するんですね。魚の用意がないというのは、お盆は精進料理なので当り前どころか、このうちではアワやヒエくらいしか食べられなかった。うちの姉のところにお米を借りにきたそうです。

中村さんが浜へ向かう道を案内してくれる。柳田らが盆踊りを見たのはどこだろうか。「曲り角の右手に共同の井戸があり、其前の街道で踊つてゐるのである。太鼓も笛もない。淋しい踊だなと思つて見た」

——いまは車道がカーブしていますが、昔はここが直角に曲がっていて、この井戸の辺が集落の広場でした。浜はそこからすっかり見渡せたのス。昭和八年の三陸大津波で、高い堤防が築かれ、海は見えなくなりました。

「此辺では踊るのは女ばかりで、男は見物の役である。其も出稼ぎからまだ戻らぬのか、見せたいだらうに腕組でもして見入つて居る者は、我々を加へても二十人とは無かつた」

——この地方ではお正月は神さま。男がつかさどり、神棚を清め、お札を貼り、お神酒をあげて酒を呑む。一方、盆は仏さま。女たちが嫁いだ家の先祖の霊を迎え、それをなぐさめるために踊るのです。男たちはかかわらん。それは年に一度、女たちが解放される日でもありました。この辺は貧しい土地で、旧の正月がすぎるころ、北海道松前のニシン漁場から人集めに来て、男たちは春になると百日かせぎにゆくのです。そうすれば一人分の飯が助かる。大きな行李に着換えや布団、わら靴、干魚を入れ、重い荷を背負って雪の残る山々を見ながら八戸の港まで歩いていきます。前金も貰えるし、大正のころ一月三十円くらいになった。盆踊りのころ、男たちは子どもに飴などを土産《みやげ》に帰ってくるのでした。

その踊りの様子は印象的である。

「是が流行か帯も足袋も揃ひの真白で、ほんの二三人の外は皆新しい下駄だ。前掛けは昔からの紺無地だが、今年初めて是に金紙で、家の紋や船印を貼り附けることにしたという」

——それを提案したのは私の二十三年上の姉さきだったようです。ここらの女は足を出したりはしない。腰が汚れぬよう紺の三幅《みはば》帯をしめます。まん中が絣《かすり》でね。地味な着物に帯と足袋、手拭いは色物というコントラストで、盆にふさわしいいでたちです。

高い堤防に上ると、突然、青い海が開けた。帽子を目深にかぶり、昆布を干していたおばあさんが一本持っていけという。

「ここのは身が薄くて、だしをとるよか、昆布じめに使うんだけどね」

今年は寒さで昆布はよくないそうだ。今夜の踊りの練習に出ますか、と聞くと、

「私はしないの。でも向うの小砂子千代さんは八十三だけど踊りますよ」

という。堤防にもう一人、ネッカチーフを巻いて昆布を集めている彫りの深い顔立ちの人がいた。

「娘時代からずっと踊ってるもの。でも昔とは違うな。調子は四つ。文句は踊りながら自分でつくるの。つらかったこと、愛しかったこと」

なにゃどやら　なにゃどなされの
なにゃどやら

昆布を集めながらつぶやいた。これこそ柳田の耳にとまった言葉と節ではないか。大正十五年に再訪したのも、これに魅かれてのことだったらしい。そのとき清光館の建物は壊されてなかった。没落しきったのである。

「浦島の子の昔の心持の、至つて小さいやうなものが、腹の底からこみ上げて来て、一人ならば泣きたいやうであつた」

美しきもののまぼろし、喪われたもののかなしみ、滅びゆくものへの愛、そんな感情を、私はこの小篇で心に刻んだ。

「どう考へて見たところが、是ばかりの短い詩形に、さうむつかしい情緒が盛られやうわけが無い。要するに何なりともせよかし、どうなりとなさるがよいと、男に向つて呼びかけた恋の歌である」

と柳田はいう。この一節にも、万葉集の筑波の歌垣にのめり込んでいた私はしびれたのだけど、本当にそうなのだろうか。現地に行くとこれには諸説あり、一、ヘブライ語の行進曲説、二、アイヌ語源説、三、木遣り唄説、四、凶作の時の嘆声歌説、五、時宗の念仏踊り説、六「ナニハナニシテナンナントヤラ」という浪曲と同じくうたいはじめの試声説、など種々あるらしい。一名「南部の猫唄」という。

夕方、浜の公民館で盆踊りの練習があった。集まった十人ばかりの女の人は、白地の浴衣にラメ入りの帯とあでやかだった。練習がすんだあと、インタビューを試みるが、みんな年に似合わず恥ずかしそうで、長幼の序があるらしく口を開くのは二、三人だ。

——盆の相当前から練習するのですか。

「今年はコンテストもないので練習少ないのス」

——どんな特徴がありますか。

「ごく素朴なもんで。他の踊りとくらべると格好悪い気がしてのス」「指先をピンと張らずに」「雁の手ゆってネ」

——男の人は踊りませんか。

「いまはそったにね。踊らんねエ」

「保存会つくれつくれというのは男だけんどね」

——なにゃどやらてどんな意味ですか。

「昔、飢饉があってサ、海でも何も採れね、陸でも採れねのス。何をどうやったらよかんべなという踊りだなス」「自分で唄つくってハ、ふしつけて歌って自分をなぐさめたんでねえかな」「ハギ刈り唄ともいうべさ。大事な馬の餌にするハギをそっちの山こっちの山で刈るとき景気づけに唄ったさ」

柳田国男の説とはずいぶんちがうではないか。

——そんなに暮らしは大変でしたか。

「みんな出稼ぎに行っただ」「船が難破して大変だったのス。ワンパクな男がいて、難破して溺れた人を助けに別の船で風ぶっち切って走って、拍手喝采だったのス」「病人出たら大変だよ。リヤカーに乗せ、戸板でかついで山越えて」「そりサ乗せたこともあったス」

——味噌や醤油もつくったのですか。

「味噌をつくると、その残ってたまった汁が醤油だなス」「コブだのニシンだのは祝い事のときしか使わねえのス」

——子どものころ何して遊びました?

「浜行って貝っコ拾ってお手玉してたな」「海行って泳ぐだけス」「正月はよかったな、獅子舞いが来て」「学校行くのも赤ん坊背負って。泣くと校長先生がうるせから廊下出てろて。勉強にも何にもならねかったの」

——一番たのしかったことは？

「やっぱり盆踊りだべさ」「あたらしい下駄をはいて踊った」「いんや、古い下駄の人もいた」「踊っても踊っても飽きないもんだな」

揃った揃たよ　踊り子が揃たよ
秋の出穂よりサーエ、踊り子がそろたよ

「でもさ、昔は姑がこわいから、行きたくてすつすつ（イライラ）しても、踊っていいのスか、とはいえない。姑さんが行ってこ、というまでは」「姑は鬼よりおっかねえ、嫁っコの悪口ばかりいって。かせがねえ、かわいくねえって」「そんなのにいまは時代が変わって嫁のほうが強いんだ（笑）」

——旦那さんはかばってくれないんですか。

「だって漁師だもん、いないからよ」「そだ、若いころはイカ釣りばかり行って」

——どういうふうに結婚をなさったんですか。

「そこさ男さいるから行け、そんだけよ」「踊りで見染めた人もいる。けっこうロマンがあったんだ（爆笑）」「いんや、好きでいっしょになった人は三十人に一人もいないよ」

話は果てしなくつづく。まるでナニャドヤラの踊りのように。

踊りおどるなら　かたはだぬいで
　二度の若さは来るでない
おらも若いときゃ十六ささぎ
　今じゃ年とってかれささぎ

万古不易のことば、これもまた、「いのち短し恋せよ少女《おとめ》」なのである。うす暗い広場での七十代、八十代の多い踊りの輪は、それでも薄化粧で十分に華やかであった。

# 半農半漁の暮らし

全国どこへ行っても「悪いですよ」以外の話は聞かない。ことに都市の商店街はシャッター通りである。郊外型スーパー、通販、生協に押され、小売店が立ちゆかない。それで「中心市街地再活性化」事業があちこちで行なわれる。

その点、不況というわりに海辺山辺は元気だな、と思う。

たとえば、岩手の種市《たねいち》の南部潜り。潜水服にヘルメットをかぶり、垂直に三十メートルも海に潜ってホヤを採る。これがいい収入になるために、出稼ぎに行かずにすむようになった。命綱をひく助手二人、船の操縦士と四人の信頼関係が基本だ、磯崎元勝さんという美丈夫がいう。

「潜り同士、昔は喧嘩ごしでやっていた。いまでもお互い漁場は教えないし、網も上がってないフリして。意地と気合です。勝つこともあり負けることもあり、浜の女の人にまで、「あすこの潜りさん、いつも遅い」「うちの潜りさんが一番だ」とかいわれますし」

ここにはモノを獲る喜び、健全な競争、働く誇りがあるように感じられる。

嫁も遠くから来てくれて、二人の男の子にもめぐまれ、

「生れた土地で家族で暮らせてうれしい。あとは事故のないようにしたい。うちは四代、事故がないから続いているんです。夫を死なせたら母ちゃんが息子を潜水夫にはしない。潜りは海が職場だし、無口な男が多いけど、ここにいるよ、ここで働いてるよ、ということを知ってほしい」

という。

「ホヤは獲ってもその根からまた胞子がついて育つので乱獲ということはありません。若いころは力まかせに六時間も潜りっぱなしでしたが、いまは二時間半。体力が衰えた分、技術が向上して奥深い仕事です」

県立種市高校には日本で唯一、潜水を教える海洋開発科があり、卒業生は船の引き揚げや港湾工事でも活躍中だ。

その近くの宿戸《しゅくと》浜は賑やかだった。

ちょうどウニ漁のまっさいちゅうで、次々船が戻ってくる。黒いゴムのウェットスーツ

を着、髪をぬらした男たちが、くわえ煙草で通りすぎる。こちらは素潜り。あとの始末はまかせたぜ、とかっこいい。白衣と白帽の女たちが上がったウニをざらりと浜のシートにあけ、みんなで運んで、さあ殻むきだ。ウニは、殻つきのまま高級料亭に出すもの、殻をむいてさくに盛る生食、塩ウニ、粒ウニなどに加工するもの、アワビといっしょにいちご煮にするなど、さまざまな利用法がある。

漁師一人が上げたものを、テントの中で年寄りと女四、五人でむいていく。とげがムニュムニュ動いている。その口もとの穴を叩き、半分に割り、海草などをとり除き、きれいなオレンジ色の身をとり出してトレイに並べ、ピンセットで汚れをとり除く。けっこう大変な作業だ。女たちは浜仕事でも化粧を欠かさない。きれいに口紅をひいている。手は素早く動き、大漁に口元はゆるむ。誰かが面白いことをいうのか、どっと歓声が上がる。

都市のシャッター通りと比べ、なんと活き活きした場所であろう。宿戸浜の漁業組合理事長はいう。

「組合員は六百名、ここは素潜りですが、男が五十名、女は浅瀬で拾ってますが七十名。一日の水揚げ三千万円です。四十五日間のウニ漁で一人当り平均水揚げが四百万、多い人で八百万いきます。ムラサキウニもバフンウニも、上がり下がりはありますが浜値はキロ九千五百円てとこでしょう。といっても、そこからむく人の手間がある。じいちゃん、ばあちゃん、かあちゃんの家内工業でやっているところもあるが、手伝いをたのむとまあ時給八百円、四時間ちょっとの仕事で三千五百円から四千円。家庭の主婦には午前中で終わるいい仕事ですよ。その分引いても漁師にはかなり残ります」

具体的に数字を示されると、ここの人が何でどのように暮らしているかが分かる。四十五日のウニ漁の水揚げだけで八百万というのはすごい数字ではなかろうか。

「ここらは半農半漁、昔は農が七、漁が三でしたが、いまでは逆転しています。これで十一月からはアワビ漁が解禁です。本当はいまが一番おいしいのですが、産卵期ですし、他の浜で獲ってますから、場所場所で解禁時期をずらすんです。ウニは皮むきが大変ですが、アワビはそのまま市場に出せてラクです。このへんのアワビはほとんど干アワビにして香港あたりへ出す。加工にはやはり暑いときより寒い時期の方が腐りにくくていい」

日本人が潜って採ったのを食べるのは金持ちの中国人というのがちょっとシャク。あるいは香港大好き小金持ちの日本のねえちゃんたちかもしれない。浜の人たちは必死で働いており、大事な商品であるウニを味見させてなどといえる雰囲気ではない。

あらためて気づいたのは、アワビもウニも種付けをして海を畑として放流し、漁業権を持つ漁師しか獲れないということ。いっぺんに獲ると浜値が下がるので、浜によって漁の時期が異なることなど、現場を見ないと分からない。組合長は手にウニの大きさを計る物差しを持っていた。

「規定より小さいものは海に返します。小さいのを採っても中身がヤセているし次の不漁につながる。自分たちの首を締めると漁師たちはよく知っている。よく育てて来年採ればよいのです。そういう漁場を守る漁師教育を長年やってきました。それと密猟の監視です。みんなで大切に育てたウニやアワビを根こそぎかっぱらう奴がいる。許せません」

ときに素人が漁業権を知らずにアワビを三つとって実名で新聞に載ったりすることがある。「そういうのはちょっと気の毒だけど」と組合長は笑う。

「私は職員から上がってきただけですが、泳げるし潜れますよ。でも毎日、これ（物差し）を持ってここに立っていることが重要なんです」

ウェットスーツの精悍なおじさんが来た。浜の操業委員長吹切《ふききり》さん、昭和二十六年から五十年潜り、水揚げ高、横綱を十五年つづけた。「そんな番付つくってるんですか」と目を丸くすると、「ありますよ、いまはうちの息子が横綱だ」と笑う。へえ、「横綱になるのはどんな人」と聞くと、「息が長い、体力がある、手が早い、目がいい、そして場所をよく知っている」と即座に返ってきた。ここにもすこやかな競争がある。

三陸リアス式海岸に沿って走ると、海が見え、トンネルに入り、まさに「今は山中、今は浜」といった感じ。あちこちに「津波に気をつけよう」といった看板が立つ。昭和八年の三陸大津波で水が来た高さを示す標識もある。そのわりに、人は喉元すぎれば暑さを忘れ、かつて波にのみ込まれ、流された海辺にも新しい家を建てて住んでいる。災害は忘れたころにやってくるものなのに。浜の人は、「今年は水温が三度低い。ヤマセも発生して毎日こんなどんより曇っている。ホヤも例年より甘さが足りない。変な気候です」という。

釜石まで南下すると、かつて鉄鋼で栄え、労働運動で鳴らした町はがらんと人気がない。重工業の衰退という言葉そのままだ。

そこから宮城県に入る。宮城地震の後遺症に胸がいたむ。瓦のおちたあと、壁のくずれたあと、屋根はあちこちブルーシート。「不況不況といってたのに、なぜか忙しくなっちまって」と壁の割れ目を塗る左官屋さん。大工や左官、電気工事関係は時ならぬいそがしさ。じつは旅先で、私もズンと突き上げる地震に毎晩のように遭遇していた。

「昨日の晩、揺れましたよね」と聞くと民宿の主人は「日本中どこでだって地震はありますよ。この夏はキャンセルが相次いでまいりました」と額を曇らす。女川《おながわ》まで来たら台風までやってきた。踏んだり蹴ったりである。

旅のさいごに、田尻町の結城登美雄さんを尋ねた。仙台のプランナー事務所をいよいよたたみ、仙台から車で一時間ほどの田尻町に田畑付きの農家を手に入れたところ。雨が降っていて農作業の手伝いはできなかったが、もぎたてのトマト、キュウリ、シソのサラダをいただく。トウモロコシも生で食べられるとは知らなかった。甘い。

「農民が三百万人、漁師がかあちゃんとあわせて二十九万人、三パーセントの人口で、一億二千六百万人を食わしてるんだから、自給率四十パーセントなんて、よくやってるもんだと思うよ。

たしかに農業はもうからない。この年収じゃ誰か、勤めに出ないとね。でも、つらいだけじゃないと思うな。種をまいて、芽が出て、ぽっと双葉が開く。それがすくすく伸びて、実をつける。やっぱりうれしいよ。その楽しみがなけりゃとてもやってられない。

うちも息子と三人家族、食卓の話題が変わったものな。来年、あそこに何植えよう、ブドウがいいべ、ハウスもいるなって話がはずむんだ。この年になって未来指向というのかな、今年がだめでも来年どうしよう、って考えるとわくわくする」

半農半漁、それは一つの仕事では食えない、貧しさを象徴すると思われた時代があった。そう習った。でもいまは、変化に富む楽しい暮らし、何でもできる人、を指すのかもしれない。こういう人たちの知恵と技術に私はたまげる。

「一反は三百坪、三百坪の田んぼからだいたい八俵の米がとれる。一俵は六十キロ、いま一人で食うのに一年に一俵あれば十分でしょ。そしたら残りの米、つくった野菜を縁故米でも市場にでも出す。それでも足りない分、何か別の仕事をする。半農半漁じゃなくても、森さん、半農半筆でどうだ？」

いいなあ、結城さんの小作になろうかなあ。旅が多くなるにつれ、だんだん東京に戻るのが苦しくなる。樹の見えない車だらけの、生産と切り離されたモノを買うだけの場に暮らすのが苦しい。

九月末が収穫というのに田はまだ穂が出ていない。今日も雨模様。「寒さの夏はおろおろ歩き、だ」と長靴の結城さんは田を見回る。

あれから私は宮城の天気が気になってしかたがない。少しでも温度が上がってくれ、と気象予報のたび、祈るような気でいる。

# 気の合う町、大阪

来るたのしみの一つは食べること。たこ焼き、うどん、串カツ、ふぐちり、焼肉にソーキそば……。もちろん大都市東京だっておいしい店は多いが、高い。大阪ではじめてたこ焼きを食べたとき、たこが巨大なのと、天カスが入ってカリカリいうのがなんともおいしかった。六個で二百円、東京だと同様のものが八個五百円。

ふつうの町の食堂ではかけうどんが二百三十円。東京では五百円を切るところは立ち食いそば以外にはないだろう。

そういううどん屋で「鴨なんばん」を頼んだ。となりの人が太くやわらかそうなうどんをすすっているのがうまそうだったので。鴨なんばやね、といって引っ込んだおばちゃんが、しばらくすると鴨南そばを運んできた。あれ、うどん屋さんじゃないの、というと、鴨なんばはそばに決まっとるがな、という。やられた。ついでに東京では鴨南蛮と書くが大阪では鴨難波である。どうなってるんだろう。

「嬉遊笑覧」巻十・飲食の部に「葱を入るるを南蛮と云ひ、鴨を加へてかもなんばんと呼ぶ。昔より異風なるものを南蛮と云ふによれり」云々とある。一方、辞書ではナンバ葱をナンバンと訛ったものとある。奥が深い。

ついでに東京では「たぬきそば」はかけそばに天カスが入ったもの、「きつねそば」はかけそばに揚げが入ったもの。ところが大阪ではかけうどんに揚げが入ったのが「きつね」、そばに入ると「たぬき」となるらしい。ややこしいことだ。この揚げは東京より甘く煮てある。この揚げを細く刻んでネギを入れた「きざみ」も東京にはない。これも気に入った。

まあそばといっても、大阪のそばは私たち東京人から見るとまっ白で、柔らかくて、太くて、まるで「うどん」だ。それも「手打ち」でなく「手練り」と書いてあって、うまそうじゃない。というと大阪人に「そばは皮をはがして中だけ使えばまっ白いもんや。ひきぐるみなんて田舎臭うてよう食べられへん」と反論されてしまった。さらに「東京のつゆは、なにあれ墨汁か」と笑うのである。

これほどカルチャーギャップが大きい。居酒屋でビールの「当て」（「つまみ」のこと）に「貝柱」を頼んだ。私は小柱と思って頼んだが、堂々大きな平貝が出てきたのにはびっくりした。「そんなのいいほう。大阪に出張で冷麺たのんだら冷やしタヌキが出てきたぞ」と東京で盛り上がったりする。

林芙美子の『下駄で歩いた巴里』（岩波文庫）が面白い。彼女は北京、ハルビン、シベリア、巴里、樺太など……どこでもまるで下駄をつっかけるような気安さでのし歩く。

「私は、子供の頃、大阪に、五年ばかり住んでいた」（「大阪紀行」）

には驚いた。両親につれられ、九州の炭坑地帯で行商、定住して女学校へ通った尾道、そして上京して渋谷、新宿、根津、田端と女給や女工をしながら転々としたのは『放浪記』で知っていたが、大阪とは、しかも五年、おやおや。でも真《ま》に受けてはいけない。芙美子は自分の生れたのだって、正月と書いたり、五月のある晴れた日と書いたりする人だ。年譜をくっても五年はいささか長すぎる。

しかしこの随筆はいい。

「私は、大阪が好きである」

これは信じてよさそうだ。そのころの芙美子は年に一度、十銭のぬく寿司を食べることがこの上ないぜいたくだったという。セイロウで蒸したあったかい寿司飯の上に、あなごや、海苔や玉子焼の刻んだのがふりかけてあった。大阪では家庭の食事は質素だが、町にはおいしいものがたくさんある。ずっとのち、大阪へ着いてバッテラを買った。鯖寿司である。少しだけほしいというと、この店では、気持ちよく売ってくれた、というのである。

「東京の商人のような、官僚的な気取りは少しもない」

大阪で、客は「なんぼうや？」と値段をまず聞く。商人の方もはっきりと値段をつけておく。そこが東京とのちがいだと。たしかに東京には値段を書いていない食べもの屋がある。私の友人にワルい女がいて、「お見合をしたあと二人で寿司屋に行ったのよ」「へえ、どうした？」「時価って書いてあるのを片端から頼んだら、向うから断わってくれたわ」とすましていたけど。東京ではときどき勘定書きで怖いことが起こる。

「私は、巴里で、一年ほど暮らしたことがあるが、二粒の馬鈴薯を買うにも恥かしくなかったし、一本の葱でも、気持よく売ってくれた。大阪の生活をみていると、なんとなく巴里的で、言葉の音色も、仏蘭西語に似ている」

と芙美子はいう。大阪の人が聞いたら喜ぶかしら。面映いだろうか。気取りのない掛値なしの都会、私もそう思う。

芙美子は法善寺横町の三流旅館に泊まり、大阪中を歩き回る。かや、ふとん、やど、のり、めし、すし、まむし、ひちや、ゆ、そんな看板が目に飛び込む。

「非常に、庶民的であり、直接に肌に来る文字である」

開運湯があり、富貴寿しがある、直接に向上心をあらわす。東京では上昇指向をむき出しにすることは品がないとされているが、大阪のこういうところはてらいがなくて好きだ。「もうかりまっか」も「ぼちぼちでんな」も英訳できないし、まあ英訳できても「How is your business ?」「Not so bad」なんて挨拶としては使えないだろうと書いていた人もいたけど。

当時の大阪には「雨風食堂」というのがあったらしい。小説のタイトルにでもしたいようだ。酒とおはぎがある。ビフテキとエビフライの盛り合せ、おにぎりとおいなりが一皿にある。「あれも食べたい、これも食べたい」、そんなねがいを満足させてくれる店。

「いわゆる、上流家庭の生活は、私には必要はないのである。働く大阪の生活が、私には必要であった」

九州で生れ、東京で成り上がった芙美子のこの健康さに私は共感する。土着ではない、しかし働く庶民のまなざしで芙美子は大阪を愛する。

「大阪というところは、めったやたらに神仏を飾りたてるところでもあるようだ」

これも東京から来ると驚くことの一つ、家内安全、商売繁盛。水かけ不動やお初天神、そんなのが町中に多い。

「相当、油っこい信仰心ではある」

という感想に私は笑ってしまった。

さいごに、

「京阪浄瑠璃というものが、辛うじて、文楽によって、命脈をたもっているかたちである」

これも大切な指摘だ。大阪人の生活風習のなかに近松的なごりはまだあるのだろうか。文楽は歌舞伎に先立つ芸能である。私も大阪に行くと昼夜とおしで文楽を見たりする。東京の国立劇場が早々に切符を完売というのに、大阪では当日券が手に入り、空席も目立つ。東京ではみんなしんとして見ているのに大阪はなんだかざわざわしている。ローマではなくて、ナポリのオペラ劇場と似ている。ありがたがって見るものではなく、社交の場であり、みんなの娯楽なのだ。「ずっと弁当かなんか食べて、ぺちゃくちゃやって、道行きの場面になると、さあ、泣きまっせ、と居ずまいを正す」のでいいんだという。

もう一つ、東京もんがかなわないと思うのは関西の、とくに「阪神間のお嬢」ではないだろうか。高校のとき、谷崎潤一郎の『細雪』を読んで、どうしたらこんな女の人が育つのかと驚いた。もっとも、震災後の東京が嫌になって関西へ移り住んだ谷崎の美化もあるらしいし、あの関西弁はフェイクだという人もあるけど。

大学一年のとき、御堂筋でアルバイトをしていたことがある。おばちゃんたちが回った調査の用紙をチェックする仕事だったが、海千山千のおばちゃんたちに大阪弁でどなられ、なめられ、からかわれ、十八歳の私は悔しさに泣いた。そのとき泊めてもらっていたのは大学の先輩の芦屋の豪邸。高台から海に向って夜景が見え、私の泊められた部屋は二間つづきで、なんと御簾《みす》が下がっていた。夢のような昼夜の格差だった。

阪神間のお嬢さん、といえば、イタリア文学者の須賀敦子さんを思い出す。一九九二年に出会い、九七年に亡くなられるまで親しくしていただいた。昔話はしなかったし、関西弁は使わなかったが、どこかに関西のお嬢さんの匂いがあった。怖いもの知らずで会話のはしばしに諧謔味がある。

会で真向いに座った須賀さんが私に、「あなたの隣に座りたくないわけじゃないのよ」と笑ったのを覚えている。病院の高層の部屋にお見舞いにいくと、「ここから見ていると、東京をこんなに汚くしたおわびを誰にしたらいいか、わからなくなるわ」と悲しがっていた。こんな言い方の一つ一つが強く印象に残っている。

あとで聞いたことだが、須賀家の人びとは、そろって話術巧みであったらしい。そして須賀さんは子どものころ、親戚の集まりなどには高座をつくって落語を一席やったという。

関西名家の「絶対語感」とでもいうべきか。

関西のお嬢さんにその後、なかなか出会えないできたが、二〇〇〇年から中世史の脇田晴子先生と、ある委員会でご一緒することになった。知識はもちろんのこと、何を一言おっしゃっても聞きほれるばかり。

晴子先生がこのたび滋賀県立大学を退官されるにあたり、私家版『春鶯囀の記』をつくられ、一冊を恵まれた。こしかたの記録であるが、ここに記された生家麻野家の人びとが実に面白い。

お父さんは阪神間の地主家主であり、仕事をもつというより河東碧梧桐門下の俳人、趣味の人として生きた。晴子先生は九人兄弟の八番目、そのとき男と女、どっちが欲しかった、と聞いたら、お母さんは「いいや、どっちもいらん、この年になって恥ずかしいと思った」とおっしゃったそうだ。なんて正直な。「そんな子に慰められることもある」とあわててつけ加えたそうだが。晴子先生は長いこと、「賢い子守が付いていたのにお前はなんで、勉強嫌いなんやろ」といわれていたが、大学に入ってやにわにやり出すとお母さん、「やっぱり子守が賢かったからなあ」といったとか。

小学校へ入ったころ、厭戦家のお父さんは「学校なんかそうまじめにいかなくってよい。教師はろくなこと教えん」というので、休みがちになり、その代わり、お能の仕舞に夢中になった。お父さんは子どもたちをつれて弁当持ちで京都や奈良をめぐり歩いていうには「焼かれてもう見ることができんようになる。今のうちに見せとかなあかん。学校より大事や」

いよいよ戦争もおしつまり、兵庫の親戚に縁故疎開するとき、お母さんは子どものリュックに銀行の通帳や大切な書類や現金をいれて、「皆死んだら、これみんなあんたのものだっせ」といった。そして戦後。麻野家が農地解放で土地をとり上げられたとき、お父さんは「先祖代々絞ってきたからなァ、仕様がないわい」とつぶやいたという。

もうどの一言も、なかなか東京ものには言えぬセリフで、ほのかなユーモアが漂う。こんな開けたご両親も、娘が共学の神戸大学へ進むときは反対し、大阪の女子大を勧めたらしいが、このときはお兄さんが「大阪向いて地下鉄に乗ってゆくと痴漢が出る」と説得してくれたという。その後、京都大学の大学院へ。一人の少女が第一線の研究者に育つまではまさに「人に歴史あり」。でも私はこの実家麻野家の言語感覚になんとも魅せられた。

京都や奈良で仕事があっても、ついつい足は大阪へ向う。市場では、

「一つなら九百八十円、二つ買うならなんぼや」

「よし、まけとこ、千五百円」

であっという間に商談が成立する。

そのあと「ゆ」に行けば、

「あのおっさんもついに捕まらはったなあ」

「あれだけ、好きなことやらはったら満足やろ」

とおばちゃんたちの評定。のうのうと湯につかりながら聞いてると、なんとフセイン元イラク大統領の話らしい。まるで隣の長屋の住人のように、そんなところが好きである。

# 一月の寒い沖縄

国立劇場おきなわの開場に合わせ、那覇に行った。

前にも一月に来たことがあるが、異例の寒さである。コートを着ていても寒い。沖縄には政府はずいぶん気をつかっている。もちろん琉球処分からはじまり、人頭税、沖縄戦、アメリカの軍政と領土化、本土復帰、基地の残存まで、この地の人には日本という国、というか私たちは大変な犠牲を強いてきた。その根本的な問題を先送りにして、沖縄振興特別措置法はじめ、政府はこの地を「優遇」しているように見える。

全国で六番目の国立劇場も県の陳情に始まり、おそらくそうしたインセンティヴもあって完成した。この地には国の無形文化財に指定された組踊《くみおどり》ほか豊かな芸能があって、これらを伝承、発展させるためにもこの劇場は期待されている。

劇場は高松伸設計というわりにはシンプルなものだった。そこで組踊を見た。前半の神歌など荘重であってすばらしかったが、二部、日本の道成寺に影響を受けたという執心鐘《しゅうしんかね》入《いり》はやや間のびして感じられた。前半は恋する女の執着がよく描かれていたが、途中僧侶たちの出てくるあたりからコミカルな芸がもたもたする。

二部には来沖（というらしい）の天皇皇后も二階に姿を見せた。二階の手摺は高く、見にくそうだが、警備の都合や撮影でその席になるのだろう。客席の大部分が立って拍手をした。カメラがいっせいにフラッシュをたく。

たしかに一部の演目は尚王朝のいやさかを寿ぐ内容だから、日本の皇室向きではないかもしれない。終わったあと貴人が退出するまで、観客は長く足止めを食った。

「われわれとちがって手抜きはされないですからね」

と警備の人がいう。出演者一人一人をねぎらっているらしい。その後、ロビーを埋めた観客の前を通過する。ミンサー織りをあしらった制服の女の子たちは、

「天皇皇后を見るのは生れてはじめて」

とはしゃいでいた。いや東京に五十年生きている私だってはじめてである。皇族を見る人を見ることに興味があった。はじめて見るお二人は綿のように白くてふわふわして、にこにこと手を振っていた……フラッシュがたかれる。「やめろ」「失礼だ」の声。

大変だろうなあ。

翌朝、石垣へ向う機内で新聞を見ると、組踊の写真とにこやかな天皇皇后の姿が大きく出ていた。この写真こそが、マスメディアにとっても、ことに沖縄知事I氏にとっても枢要なのである。あれだけ地上戦で傷ついた島なのに、新聞に出る住民の声の大方は天皇皇后に好意的であった。一方、読谷村《よみたんそん》の知花昌一氏や作家の目取真俊氏らが、天皇皇后の来沖がナショナリズム発揚に利用される危険を訴えて集会もしていた。

石垣島離島桟橋から船で十五分、竹富島は赤瓦の平屋のつづく集落である。離島の例にもれず、たくさん子を産んでも子どもたちは高校から島外へ出ざるをえず、過疎化と高齢化が進んでいた。

十五年前、バブル経済に先がけリゾート法が制定されて、島にはリゾートホテルを建てたがる業者が群がっていた。この法律は「日本人は働きすぎだ。もっと余暇を楽しもう」といういかにもまともな提案から始まったわりには、結局コクドなどをはじめとする開発者がゴルフ場や大規模リゾートホテルなど施設物を増やし、環境を破壊しただけなのは佐藤誠『リゾート列島』（岩波新書）に詳しい。

そのころ竹富島では、島を守れと住民は立ち上がり、リゾートホテルは凍結され、全国で二十四番目の国の伝建（重要伝統的建造物群保存地区）に選定された。「売らない、汚さない、乱さない、壊さない、そして活かす」という竹富島憲章をつくった。伝建に選定されたのを祝してこの島で、〝全国町並保存ゼミ〟が行なわれ、一歳の末っ子を夫に預けて参加したことがある。青い海、白い〝星の砂〟浜、赤瓦の家、ゆったりと流れる時間、私も誰彼と同じく八重山に憧れる一人となった。

竹富島は自然と町並のほか、伝統芸能の島でもあって、十月の種子取祭《たなどうい》には二日で七十二もの演目が披露されるという。これも国の重要無形文化財に指定されている。

今回は文化庁の伝建担当の方たちと行ったので、町では赤瓦の公民館で、そのなかの二つほどを見せてくれることになった。

最初はマミドウーマという女たちの組踊。袖筒の丈の短い黄色い着物に縄帯・縄ダスキをかけ、白い布を頭にまいた女たちが、カマとスキとヘラを持って踊るきびきびした踊りである。

「この島はサンゴ礁でできていて、田んぼはないの。畑をつくるのも、まず土とスキで起こし、ヘラでくだかないと種ひとつ植えられない」

と婦人部長の新田初子さんがいう。新田さんは民宿新田荘の経営者で、新田観光という水牛車で島を回ることを考案した実業家でもあり、島中に点在する御嶽《うたき》の一つを守る神司《かんつかさ》でもある。八面六臂の活躍だ。

踊りは「チッチッ」といいながら、農作業のリズムをとり、まいた種は米でなくアワだった。

その次に黒い着物を着、赤フンドシをしめた男たち四人による鍛冶屋の音楽劇。サンゴ礁の堅い島だから木の農具では歯がたたぬ。まず鍛冶屋の仕事があってこそ。火をつくり、ふいごをふき、刃を打つ仕草を組み合せた、とてもユーモラスな踊りだった。

昼はエビそばを食べながら、町並保存委員会の大山さんが話してくれる。

「いまはジェット船で十五分の石垣島まで、昔は帆かけ船だった。風向きがよければ三十分で着いたが、逆風だと六時間かかったものです」

人頭税が明治三十年に廃止されるまで、この島の女たちはせっせと芭蕉布を織り、男たちはまたはるか離れた由布島に小屋を建て、そこで稲を育てた。その苦労と比べると、いま伝建に指定され、観光業がさかんなこの島は天国のように見える。島での仕事があるため、息子たちが戻ってきて、旅行で来た内地の娘たちと結婚したりしている。

車エビが六本ものって千二百円という格安のエビそばは、味付けは沖縄そばだが、エビは竹富島で養殖されたものである。そんな産業も島内で創出された。

三時間ほどの見学を終え、東京から来た人びとは船に乗って帰った。それを歓送する踊りがドラを鳴らし、港で行なわれた。

しかしメインイベントはその後だったのである。私は残ってそれを見た。

夕方六時から、こんどは旭川から来たアイヌの人たちと竹富町民の交流の夕べが開かれた。このために島民たちはテントを建て、歓迎に牛一頭をつぶして牛汁を仕込んでいる。一方、アイヌの人たちは鹿肉と熊肉をはるばる運んできて、これをさばき焼く。

「寒い地方の方々を温かくお迎えしようと思ったのに、残念ながら今日の竹富はこの冬一番の寒さです」

と竹富側の挨拶が終わると、

「いいえ、マイナス十五度の旭川からプラス十五度の竹富へ、三十度の変化にまだ馴れません」

と旭川側がエールを送る。

みごとな刺繡をしたアイヌの衣裳で、剣舞や女たちの踊り、男を誘うユーモラスな踊りなどが続く。団長格の女性の解説は手なれたもので、「私たちアイヌは楽器がまずありません。みなさんの手拍子だけが頼りです」と誘う。唯一の楽器というムックリの糸をはじき唇にあてて鳴らす。

「沖縄のみなさんは言葉と文化を奪われた。私たちは言葉と文化とそのうえ土地を奪われました」

というとワァーッと拍手と歓声があがる。さっき「昼間のは予行演習で」と司会者のいった本音がわかる。マイノリティ同士の熱烈な交流会らしい。たしかに日本政府はいま伝統文化や町並み保存には熱心で補助金も出してはくれるが、彼らにとって近代のヤマト政権とは、長らく言葉と文化とへたすると土地まで奪ってきた存在である。

竹富には「安里屋ユンタ」の主人公の美女クヤマの生家なるものがある。「薩摩の役人は那覇で現地妻を持ち、琉球政府の役人は八重山で現地妻を持つ」という。その支配被支配の段階的構造そのままに、琉球政府の役人から権力ずくで言い寄られ、肯じなかった美女である。竹富側のお返しの舞いは、東集落の優雅な四つ竹の舞いと、沖筋集落の笑いをさそう舞いだった。

司会者が「踊っているのは竹富生れではありませんが」

というとまた沸く。「竹富のDNAがない」という言葉を何度か聞いた。竹富のゆったりした暮らしに憧れ、島唄や織物を学びたくて来る若いニューカマーは多い。島としては少しでも人口を増やし、過疎を脱したい一方、よそ者を警戒し、住民は土地に古くからいることをプライドとしている。

共同体の宿命のようなものだ。

この排他性の中で、〝DNAがない〟といわれる人たちが、島に溶け込もうとして歌や踊りに努力している。見ていてけなげだった。

かたや、旭川組は、団長格の女性によれば、夫、息子、娘二人、孫二人というように半数くらいは一家族のようで、「サウンド・オブ・ミュージック」のトラップ一家を思い出した。

しかしそんな大家族が旭川から二千キロ離れた竹富まで自費で来たのかなあ。なにか助成がついているのだろうか。明治以来の旧土人保護法をなかなか撤回しなかった政府が、あっという間にアイヌ文化振興法をつくったことだし。

アイヌの女性に、「今日来て明日帰るんですか。こんな遠いところまで、わざわざ来られたのに」と話しかけると、彼女は、「ええ、でも私もう三回も来てますから」という。やっぱり何らかの公的資金がついているのではなかろうか。

翌日、アイヌの人たちと私が竹富を離れるとき、またしても港で歓送の踊りや唄があった。そういえば竹富の人に「あなたは誰」「何をしている人？」と問われたことがない。内地の私たちは、

「竹富はすばらしいところですね」

といい、彼らが、

「いいでしょう。私たちはこうした町並や文化を打《う》つ組《ぐ》みの精神で守っています」と答える。そのくり返しだ。竹富では竹富のことしか話題にならない。沖縄では沖縄のことしか話題にならないような気がする。それは沖縄に対して罪悪感を持ち、その問題を根本的に解決する努力をしないまま、三線《さんしん》やチャンプルーやテーゲーだけをもてはやす私たちが悪いのかもしれない。でも、このままではいつまでも相互作用的な関係は生れない。

「あなたは誰」と聞いてもらえる日まで、何度も行くしかないのだろうけれど。

# 喜界島の田中働助さん

喜界島という名は聞いたことがあったが、どこにあるのかさっぱりわからなかった。たしか『平家物語』で俊寛が流されたところ、そのころは鬼界島と書いたはず。いやあれは実際は硫黄島あたりだっけな。

南国鹿児島からのプロペラ機がブルブルいって止まると、金網で囲まれた空港はまるでボルネオ島のバランカラヤ空港そっくりで、小さなカウンターひとつ、どっさり土産物をもって帰省した人を、地元の家族がうれしそうに迎える。

私を迎えにきてくれた民宿の田中働助さんは大正十五年生れ、大工で漁師で、農民である。民宿経営者であり、ヤドカリはじめ自然生物の研究者である。陽に焼け、細身だがいかにも頑丈な体、私のリュックをさっさと車に運んでくれた。

「ぼくは趣味が多いの。小さいときからお父さんお母さんの話を聞いて育った。学校の先生になれといわれたけど縛られるのは好きじゃなかった。釣りをして、木を叩いて、ヤギを飼って、ずっと好きなことばかりしてきたよ」

手のひらに乗るほどの島をぐるりと一周。小学校にはガジュマルの並木がある。一本ずつの根がくっついて壁のようになっている。

「これはぼくたちが青年学校に通ったころに植えた木よ。ガジュマルは気根を出して養分を吸う。別々に植えてもなぜかくっついてしまうんだね」

島の産業の九十パーセントはサトウキビ。お米をつくる農家は二、三しかない。

「サトウキビは米と同じで、政府が買い上げてくれる。一年半ほどで収穫です。昔は手で刈ったが、いまは機械だからね。その間作にゴマをつくる。これは土地をやせさせず、けっこういい金になります」

夫婦でゴマをシートの上で叩いて種をとっていた。汗まみれの顔に黒いゴマが点々と、まるでホクロのようだ。

神社のところに、台の上に置いたような大石があった。

「自然のしわざか人間のいたずらか、わからんけども、力持ちが持ってきたという話になっとるな」

私は心の中で「巨人の置き石」と命名した。

阿伝《あでん》という集落、小野津《おのつ》という集落には、サンゴ礁の石灰岩でつくった石垣がみごとだ。

「昔は馬を海浜に放牧する。その帰り一つ二つの石は必ずひろって、それを貯めて家族で石垣を築いたものです」

石垣はハブが住みつきやすいので隣の奄美大島では少ない。奄美列島でハブがいないのは喜界島と沖永良部《えらぶ》島、シマの発音に濁点がつく二島だった。石垣にはかなり背の高いものもあった。

浜辺には防風林にモクマオウが植えてあった。

「あれは在来種ではないんです。あるころからお上の推奨で植えた。ヤシももちろん原産ではないよ。アダンの木の白い花が咲きはじめると朝冷えがするよ」

田中さんの話し方は実に明快。沖縄のおじいとはまたちがうが、発音といい、言葉に爪を立てている感じがある。

「奄美も徳之島もまた言葉がちがう。言語学の先生もよく見えますが、学者は正統な、上品な言葉しか拾っていかん。島の中でも、上嘉鉄《かみかてつ》では足のことをサーというが、小野津へ行くとヒアーとなる。うつぼのことをウドゥというが、布団のこともウドゥという。こうした生活の中の言葉を拾わんと、貧しい者の歴史はわからん」

青い海のそばにムチャ加那公園というのがある、奄美にも伝わる美人伝説である。

昔、ウラトミという美しい娘がいた。いくら島の役人がいいよっても聞かないので、ウラトミは小野津に流され、ムチャカナが生れた。このムチャカナがまた大変にきれいなので、男たちの視線を一身に集め、それを嫉《うらや》んだ他の娘たちによって断崖から突き落とされ、海の藻くずとなった。

こういう短い民話に、叙事詩的な深い感動を誘われる。

「女ってのは焼餅を焼くからね。ぼくは三味線を弾くが、歌者《うたしゃ》は女の人が多いでしょう。そするとうちの婆さんは焼くよ。五人も子ども産んでくれて感謝しとるけどね」

田中さんはにっこり笑った。

夕暮れ、浜辺に出ると、ミリミリと音がした。何百何千というヤドカリが産卵のため海に向って歩いているのだった。

「ヤドカリは昼、アダンの木にはいあがって、交尾する。暗くなると降りてきて海で卵を生む。大潮の朝に、生れたばかりのヤドカリがいっぱい見えるよ」

生殖のため浜に急ぐヤドカリを踏みつぶさないように歩いた。田中さんは岩場を跳ぶように渡る。年は八十ちかいはずだが、後ろ姿は四十代、そのあとをよたよた追いかける。

「塩道の浜なんて島唄に歌われたくらいだが、いまやコンクリの防波堤で浜はないのよ。

奄美振興法（アマシン）なんてものができて、島の者も補助金に目がくらみ、みんな土建屋の手先になって自然はズタズタになった。本当のことをいうと嫌がられるよ、彼らの利権に反すると。僕は金では動かんから、けなす奴はいても褒める奴はおらん」

浜が暗くなると、何人もの男たちが来て黒糖焼酎を傾けだした。コップにくんで「ミソーリ」という。どうぞ一杯めしあがれということらしい。

「お仕事終わると毎晩浜ですか」と聞くと「仕事なんていまないのよ」と背すじをのばしていう。悪いことを聞いてしまった。田中さんと彼らの会話はほとんど分からない。

「ダーおばさん」、というのはあんたのおばさんをよく知ってるとかいってるらしい。「ワチャー」「ワンナー」とは自分のことらしい。「ウフクンデール（ありがとうございます）」「マタセーラ（また来ます）」と田中さんに教わったとおりいうと、みんなが笑った。

家には奥さんの心づくしの料理が待っている。ニバンガーという魚の煮付けが出た。

「いまごろ海へ行くとナマコがいくらでもいるのにな」

といいながら、行く気も見せず田中さんは三味線を弾きはじめた。自分でこしらえた三味線には、いくつもの工夫がこらしてある。面白がって、カッターの先っぽでも弾いてみせた。黒糖焼酎を差し入れてくれた方から、有名な島唄「あさばな」を習う。

「ハレカナ〜〜」とはじまる「あさばな」は、人びとの出会いの喜びを歌う。真似して私もコブシをきかせてみたら「それじゃあ演歌だ」と嘆く。むずかしい。

田中さんは何でもできる。

「ぼくの生れたころ、この島は自給自足で、カライモと豆が主食。豆といっても大豆ほどでない小豆。それで味噌もつくりしょうゆもつくり、豆腐もつくった。そんなことができるのはぼくの世代までじゃろう。

子だくさんで貧しかった。島の人は情け深いから、人が困っているとお茶もくれて、味噌もくれる。母親の手にごはんや味噌を乗せてくれて、それを母親がつまんで子どもの口に入れた。

父親が建て前などに招ばれて、ごちそうを持って帰っても、ソーメンなんかすぐ腐るから、子どもたちを叩き起こして、その晩のうちに食べさせる。子どものおなかを冷蔵庫がわりにしてたんだな。ぼくは酒はやらんが、煙草はずっと。それでも三度三度味噌汁飲んでいれば何ともない。味噌汁は体にいいよ。

昔、夏なんかよほどだるいとヤギ汁を飲んだ。いま食堂で出すヤツとはちがうな。塩味でしたよ。それから十月二十五日に集落ではいっせいにブタをつぶす。一頭ずつ順ぐりにつぶして分けた方がいいようだが、他人をうらやまないために各家でいっせいにつぶす。塩漬けにしたブタを一年食べてたよ」

翌日も田中さんの案内で石垣の取材をつづけた。たくさんのことを教わった。

「ぼくは終戦の年、召集を受け、三月十日までに千葉の館山の海軍に来いといわれたが、船もないし、ぐずぐず奄美の名瀬で好きな女と遊んでおって、やっと鹿児島から東京行の列車に乗った。ところが急行券を買うことを知らずにいた。ちょうど乗りあわせた学生さんたちが、これじゃあ今晩中に千葉へ行けないよという。沖電気につとめている方たちで、その東京の知りあいのうちに泊めてもらおうということになった」

山田風太郎さんはちょうどそのとき、東京医専の学生で沖電気に勤めていたはずだ。まさか風太郎さんではあるまいが、と汽車での風景を思い描いた。

「それで送っていってくれたのが両国の国技館の前で忘れもしない石山さんてうちでした。今のじゃなくて昔の国技館ね。見ず知らずのぼくを泊めてくれて、翌朝、顔洗ってすぐ出ようと思ったら何かゴトゴトやってるの。何もないけど、せめて食べていってくれと。同じ年の息子が出征中だから、息子のかわりに入営をお祝いしてあげたいって。それがたしか三月九日の朝だった。入ってから何度かお礼状を送ったけど、届かなかった。たぶんその晩、三月十日未明の大空襲で亡くなったんじゃないか、と上官が教えてくれました」

不思議な話だ。一日ちがっていたら田中さんもいまここにいなかったかもしれない。

「ポッタム宣言のあと、ぼくは大阪でヤミ商売を手伝ってた。一升一円の米を二円四、五十銭で売る。一升二十五円のを四十円で売るくらいにはね上がった。それと焼け野原では美容クリームが飛ぶように売れました。五円で仕入れて二十五円、七円五十銭のを三十五円。高い方がよく売れたよ」

喜界島、亜熱帯のサンゴ礁の島。

リーフが広がり、石垣がつづき、アダンやガジュマルが茂る。人はこの島に生れ、この島で死ぬと喪屋の奥で風葬にされた。シロマキやハスノハギリ、ヒトツバが茂る林の奥、岩壁をくりぬいて喪屋がある。

「人が亡くなると祠の中に棺桶を入れて、何晩も酒の好きな若い連中に番をさせて中に誰も入れない、母方のオヤジなんか酒が好きで、度胸があって、番をよくやったそうじゃ。土を一尺かそこら掘ってそこに埋めて土をかける。下はサンゴ礁だから深くは掘れん。一週間毎日、お参りにいくが、だんだん臭うてくる。腐り切ったら埋葬場へ持っていって風通しよくして四十九日で骨をひろう。それをきれいに洗って墓におさめる。それで終わりです。墓はサンゴの石で作った」

風葬の一つの形なのであろう。

夕暮れ、上嘉鉄《かみかてつ》の集落で盆踊りがあるらしく、着物姿の女性が校庭へ向う。私も行く。

踊るのはほとんど女で、それを眺める男たちはみな自家製の重箱にぎっしりおかずをつめて、黒糖焼酎をつぎあう。私にも酒、そして重箱がさし出される。エビフライ、トンカツ、ソーセージ、カマボコ、そんなものを分けてもらい、焼酎を飲む。

「貧乏で戦争もあったけど、うちはさいわい六人兄弟だれも死んでない。最近下の妹の初敬老（七十歳の祝）があって大阪まで行ってきました。

長生きの秘訣というものはないでしょう。長生きをしようとあれこれあがくと早死にする。ふだんの生活をちゃんとやっておれば自然、長生きするもんです」

七十八歳の田中働助さんは、なんだかお父さんのような気がする。空がたそがれて、いい月夜になった。

# 山形いでゆ紀行

夜遅くまで仕事をした疲れが出て、ぐっすり寝た。山形新幹線は狭軌をゆるゆると走って、眼が覚めると外は雪景色だった。

終点の新庄から一時間、雪溶け水で川が速い。春も近い。

湯治場肘折《ひじおり》温泉に着く。このへんはそばの産地らしく、板そばといって、四角い台に盛られた、太い、腰の強いそばを食べた。薬味にねぎを用いるが、わさびは使わない。濃い目のつゆが口に合う。

肘折は狭い道にそって旅館が立ち並び、二階はガラス戸である。昔はこれすらなくて障子戸であったに違いない、さぞ寒かったろう。

丸屋旅館はクロスカントリースキーの選手だった三原玄さんが改装した。父が倒れ、母親一人で切り盛りする宿を見かねて帰ってきたという。

「ここの湯が開かれたのは大銅二年といわれています。地蔵のお告げという開湯伝説があります。月山や湯殿山へ登る修験者の来る湯でした。昭和三十年ごろから、湯治客がふえた。農業はすべて手作業だったから、疲れる前に、疲れたあとにゆっくり体を休めたんです。骨折なんかした人は田畑売り払っても長逗留したものです。みんな宿料のかわりに米を持ってきた。そのころは茅葺きの平屋でした。

温泉とはあくまで自然治癒力を高めるもので、一日目は一回、二日目は二回、三日目は三回と徐々にだんだん体をならしていきます。そして帰る日にあわせてまた回数をへらす。浴衣はお湯のしめりをとりながらも、その成分を体にしみ込ませるためにある。歩けなかった人がここへ来るとスタスタ歩いて帰る。杖をおいて帰る。そんなのは何度も見ました」

かたわら、息子を頼もしげに眺めていたお母さんが語る。

「新庄、村山、庄内……それぞれ農作業の時期がちがうので、おいでる時期もちがいますね、山ん中ですから亡くなったおばあちゃんにおそわって山菜とりをしました。それを塩蔵して一年中出してます。山菜はお通じをよくするんですよ。おひつのご飯が残らないとうれしいですね」

とはいっても、長年の流儀を変えるのに抵抗もあったのだろう。息子さんは帰ってきて、建て直すか、修復するか悩み、結局、改築でなく改修を選んだ。といってもかなり大胆に内装も変え、部屋の用途も変えた。石油ストーブ、こたつ、煙草盆、マッチなど懐かしいものを残したが、いらないものはすべて捨てた。

町をそぞろ歩いてみる。狭い道にバスが通る。学校から荷物を持って小学生が帰ってくる。山の早い春休みが始まるらしい。古いままに残した宿もあれば、鉄筋のビルにした宿もある。

松屋という宿をたずねると帳場で二年生の孫が宿題をやっていた。名物洞窟風呂はかがまねば進めぬほどの素掘りのトンネルの先である。壁にナトリウム、塩化物、炭酸水素塩温泉と泉質、きりきず、やけど、慢性皮膚病、神経痛……と効能が書いてある。

「うちは代々松蔵を名乗っています、ずっと山の仕事で、三代目が明治の末に旅館をはじめました。本家の高見屋の湯をわけてもらうことにし、あそこまで岩盤を掘ったんです。なんでも途中で資金が足りなくなったらしくて」

孫のいる女性は、若い世代のやりたがる改革にとまどっているようにも見えた。

数歩歩くと三浦屋。丸屋の親戚で代々三浦半三郎を名乗る。宿の構えは昔のままで、明治末の温泉分析表が掲げてある。黒板に金の文字だ。バラ色の頰の元気なおくさんはコロコロ笑う。

「汚れるたびに拭いてたら、ずいぶん金が薄れてしまって」

二階は表に面して半間の廊下が通り、一つ一つの部屋に床の間がつき、軸や扁額もあるが、ふすまをあければ大広間になる。

「この小さな旅館に百人もの方が長逗留、みんなお互い行ったり来たり、茶飲み話をしたりいっしょにご飯を食べて。あんまり混むとおじいちゃんやおばあちゃんは、家族の部屋を開放し、お客様の間に雑魚寝したらしいです」

プライバシーなどといわず、大らかに湯治場で交流した時代。

「いまでも毎年決まった日に約束して来て、会うのを楽しみにしてらっしゃる方がいます」

お女将さんの、その玉のお肌も温泉ですか。

「嫁に来た当初は顔中に吹き出ものが出ました。ここの湯は強いんです。毎日入っているると体中の毒素がすべて出てしまう。すきまなくぶつぶつになって、三カ月くらいですうっと収まりました。お酒を飲んで入ると目が回りますよ、といくらいっても、たまにバタンと倒れる人いますにゃ」

湯船が小さいから、かけ流しですむ、広くすると水道水を混ぜないといけない、という指摘にはハッとした。広々とした湯船ばかりをよしとする風潮への警告とうけとれた。

また数歩歩くと斎藤茂吉が泊まった松井旅館である。茂吉の残した短冊など見せていただく。

「昭和二十二年の秋だと思います。戦争中、大石田に疎開してらしたので、お弟子の板垣家子夫《かねお》さんをお供に見えました」

しびんの代わりにバケツを携帯してきたという。いずれ晩年の話である。

肘折のいでゆ浴みむと秋彼岸はざま路を行くのぼる楽しさ

など万葉仮名の短冊三枚があった。その茂吉のすすめで、折口信夫《しのぶ》も来ている。

「やつぱり肘折はよかつた。新庄からあんな奥に入つて行つて、ああいふがつしりした湯の町があらうとは思はなかつた。どの家も大きな真言の仏壇を据ゑて、大黒柱をぴかぴかさせて居やうと謂つた処である」(「山の湯雑記」)

いまいる松井家の家の中がまさにそのとおりなのがおかしかった。大きな仏壇。炉が切られ、送迎用の唐傘、先祖代々の写真。

そこから坂の上にあるこけしの工房をたずねた。鈴木征一さんがイタヤカエデの木をひいて、こけしの頭をつくっている。じつは、頭の中は空洞で、まるでカッパのように頭頂部分をはめこんで、ろくろでみがくとあら不思議、継ぎ目が見えなくなる。

「全部勘だから。頭の中にあずきを入れて、振ると音がするように空洞にしているわけです」

振るとシャラシャラいい音がした。

「ここは寒くて、雪で冬が使いものにならん。私も十年ばかり出稼ぎに行きました。そういう生活に疲れてこけしをはじめたのは二十七、八からです。

昔は木地師といって、風来坊みたいにあちこちを回ってた。遠刈田《とおがった》、鳴子、肘折、各地にこけしを伝えました。湯治に来る人が孫のみやげに買ったんで全国に広まったんですね。コレクターもいます。私の作品を十も二十も集めているのはお医者さんや学校の先生が多いね。一日神経を使う仕事をして、夜に癒しや楽しみを求めるのかもしれないな」

その夜、宿の食事にどっさり、山菜が出た。

翌日、車を走らせていたら、気になる看板が目にとまる。湯舟沢《ゆぶねざわ》温泉という名に魅かれ、遠回りすることにした。

茅葺きの宿は開業しているのか閉まっているのか分からないほど、しんと静まっている。

「ごめんください」

というと可憐な少女のような人が三角巾をかむって現われる、もう二時だ。

「昼ごはんはできますか」

「よもぎそばくらいなら」

「お願いします」

「じゃ、お部屋用意しますね」

待つことしばし、よもぎそばのほか、山菜の小鉢三つ、鯉こくまで現われた。お酒を一本頼むと「朝日鷹」「十四代」の元酒だという。口が重そうに見えた奥さんは少しずつ語り出した。

「山形にはいいもんいっぱいあるのに、自慢しない。PRがへただと思うんですにゃ。自分たちだけが時勢に遅れ、取り残されてると思ってるのにゃ。だけんどこのとおり、どことってもいつの季節も絵になると私は思うのい。空気はおいしいし、星は降るようだし。毎日こんないい湯につかれんだべ。田舎には田舎のおいしいものがある。何も東京がいいと思わなくても、この場所でがんばってる人がいる。田舎にも生きる誇りというものがあると思うのにゃ。お客さまも来たからにはいいとごだと思って帰ってもらいたいと、そう思うんですにゃ」

ネコが窓際でしずかに聞いている。自分の頭で考え抜かれた思想である。

美人の湯、と名高い。それに入れてもらった。青いタイルの浴室にさんさんと日が入って、なんともいえない清らかな美しさである。肌もつるつるしてくる。

表に出たところでバッタリご主人に会った。

「ここからあの山を超えると茅葺き集落の五十沢、そこから銀山温泉まで七曲り峠を通り古い最上街道が通じています。一説には芭蕉が歩いた道という」

そういって日にキラキラ光る雪深い道を踏み固めている。うらやましいような地に足のついた暮らしである。


次の日、白布《しらぶ》高湯に向う。二十年近く前、夫だった人と小さな子をつれてここに泊まったのである。米沢でスキ焼を食べているうちに喜多方へ抜ける道が雪で閉鎖され、突然、一夜の宿を乞うたのだった。そのときは西屋、中屋、東屋と三つの豪壮な茅葺き宿があり、夜遅く着いた客に鯉こくだのビールだのを出してくれて、子どもには湯たんぽを布団に入れてくれた、その親切が忘れられなかった。

その後、なんと火事で二軒は焼け、西屋一つが健在である。入ってみると、どうも前に泊まった宿とは違うようだった。

「おしょうしなっす」

と部屋係の人が世話をやいてくれる。かけながしの源泉は熱くて歯が立たない。ちょっとだけがまんして、それでも見上げると高い天井から風がさあっと吹き込み、顔を冷やす。

まるで露天風呂だ。

山の幸づくしの夕食のあと、炉端で女将の話を聞く。

「温泉は七百年、建物は二百年たっています。うちはこんなだから、お客さんもおとなしい。やんやん騒ぐような人ははじめから来ないです。こんな山奥まで来てけらんだもの、せめて土地のものいっぱい食べて帰ってけらっせ。泊まるばかりがお客でねえ、お湯だけ入りにくる人もみんなお客だ。

うちのばさまはえらがった。いろり端にすわってけらったけど、亡くなってからよく思い出すの。おばあちゃんならこういうときどうすっぺな。何も知らんで嫁いできて、炭の起こし方から教わったもん。ばさまについてた客が多かったもの。西屋は人がいいって。みんなばさま目当てに米沢からバス乗ってきたんだもの。亡くなるときに、「世間をせましくしないで生きなさいよ」と私にいってた」

二年前の火事の話は泣けた。茅葺き屋根がくっついてるから、一軒焼ければみな焼けると火にはよほど気をつけてた。どういうわけか風向きで自分ちだけが残った。

「残ったもんには残ったつらさがあるのよ。それからずっと下向いて商売してけらした。でも神様がうち一軒残してくれたということは何か使命みたいなもんがあるんでねえが。私は西屋が好きだ。白布が大好きだ。米沢へ用があって出ても帰るときはうきうきする。

なんてきれいなところだろ。これから一雨ごとに山桜が咲いて、木の芽が芽ぶいて、山が着飾るみたいな感じになるんだ」

明治も早くに訪れたイギリス女性、イザベラ・バードが「東洋のアルカディア」、理想郷とよんだ山形は、まだ土地に誇りをもつ人びとの心にしっかりと息づいていた。

# 台湾の社区総体営造《まちづくり》

台湾からの視察団を何度か、ご案内した。私の『谷根千の冒険——小さな雑誌で町づくり』（ちくま文庫）が台湾で翻訳されたこともあるが、とにかくいま、台湾では町づくりがさかんである。向うのことばでは「社区総体営造」というらしい。

「いつも案内するばかり。一度くらい案内してくれるという話はないのかなあ」とボヤいたら、三月の中ごろ、四、五人で交流に行きませんか、という話が交流協会からもたらされた。

日チェコ友好協会のような民間団体かと思っていたら、日本の外務省の外廓団体らしい。日中国交が成立したのと同時に日本と台湾との国交はなくなった。しかし台湾は日本の最西端与那国島の西たった百二十キロのところにある隣国、貿易、観光などの行き来はむしろ多い。交流協会はヴィザの配給を含め実務を担う機関であって、中国（大陸）を刺激しないよう、日台交流協会とも名乗っていない。

交流のきっかけはつくりますから、あとは自力でやってください、と今回は派遣していただくことになった。町づくりの仲間五人、三月九日午後二時、台北空港着。空港には入国の長い列ができていたが、出迎えの方の誘導であっさり外交官用の出口から出てしまった。こういうことからして初体験でびっくりである。

まず侯孝賢《ホウシャオシエン》の映画「悲情城市」の舞台となった海沿いの九份《きゅうふん》へ行く。これは映画ファンのヤマサキの希望である。彼の映画は「冬冬《トントン》の夏休み」「童年往事」「恋々風塵」とたくさん見ていて、ぜひ行ってみたかった所。東シナ海を見晴らす岡の上にあり、かつて鉱山町として栄えた。山肌にしがみつくように細長い道がつづき、両側に店が並ぶ。まるで門前町のようである。木でできたサンダル、チャイナ服、アクセサリーの店。「薑汁豆花芋圓」という名物の菓子をあちこちで売っていた。丸めた芋餅をショウガや小豆の汁につけたものである。茶色い伝統服を着たオールバックの許立育さんの案内で歩いた。

「映画のロケ以来、台北から二時間で来られるので、日帰り客も含め年間百二十万の人が来るようになった。それを目当てに新しく店を出す人も増えた。元からいる人とは意識がちがうので、人心がバラバラになりはじめました」

一度ブームになると観光化は止まらない。別府の奥座敷、奥別府と名を変えられそうになった由布院も、女性誌などで取り上げられて以来、年間四百万人が狭い盆地に訪れるようになった。がその多くは由布院を目玉にしていたツアーなるものの、ほんの一、二時間立ち寄るだけ、大型バスからぞろぞろ降りてくる客目当ての安っぽい土産物屋が増えた。これに対抗して観光協会は静かで落ちついた町づくりをめざし数々の規制をかけたり、むしろ観光客の数を抑制する方策をとっている。そういうと許さんはうなずいた。

「私たちも会をつくり、一軒ずつ一月二百元を集めて、町づくりをはじめました。払う払わないは各自の自由ですが、いまここにある店の八十パーセントくらいは払ってます。それで坂道をすべらないような石畳にしたり、道すじを記す標識を立てたり」

道の途中に風変わりな茶房があった。中に入ると上がったり下がったり相当複雑な家で、ぽんとベランダに出ると絶景である。ここの女主人は日本人の吉村さんだった。

「ここは有名な親分のいた家ですが、主人が買って改造して、店とギャラリーと喫茶店にしました。主人は新しい建物よりもちろん古い建物、手垢のついたものが好きですが、彼にとっていらないものは捨て、残したいものを残しました」

アーティストの感覚をいかした大胆な改造はバンコクでもソウルでも流行っている。日本の〝町並み保存〟が往々にして守旧であり、形だけ建築当初に復原するものの、書き割りのような白々しさ、退屈さをもつのと対照的である。構造は大幅に変えながら、むしろ部材や看板などの装飾はよく残されている。

「九份に憧れ、旅行者としてここに来て、彼と出会って結婚してしまいました」

子どももいるという吉村さんはやわらかに微笑してお茶をすすめてくれた。狭い商店街を出て視野が広がるとホッとする。岡にへばりつくようにミニチュアのような町が見える、と思ったらすべて墳墓だった。台湾の墓はまるで家のような構えをもっている。

夕食を食べに許さんの店「阿妹茶楼」へ行く。まさに映画で見た石段の途中、映画に登場したその店である。ここでも美しく居心地のよい空間をつくる能力に舌を巻く。海を見晴らす二階の丸卓に座ると、反対側の店のバルコニーで恋人たちが食事をしているのが見える。芝居のようだ。許さんの父上は日本語が上手だった。

「もうすこし暗くなるとイカ釣りのいさり火が見えるでしょう。私たちの世代はこんな古い家がいいとも思わなかったが、息子たちはちがう意見です」

カラスミが皿いっぱいに運ばれてきた。キュウリの厚切りにのせて食べるとおいしいが、少しつまむべき貴重な食べものがこんなどっさりあるととまどってしまう。次々とおいしい料理が運ばれてくる。

そのうち、小雨が降り出し、町がしっとりしてきた。

「さあお茶をいただきましょう」

と茶芸の披露がはじまると、ますます風景は劇場のようになった。デザートの餅菓子や揚げ菓子がまたおいしい。

翌朝、台南へ向う飛行機までの時間、台北市内を車で回った。前に来たとき泊まった中国風の円山《えんしやん》大飯店は日本植民地時代の台北大神宮があったところらしい。私はかつて韓国の南山《なむさん》に朝鮮大神宮が建てられたのを思い出した。その土地の風水でいちばん良い所。小高い岡の上に植民地主義の日本は自分の国の宗教を持ち込んだ。両方とも伊東忠太の設計である。

一方、韓国は景徳宮内にあった旧日本総督府を壊したが、台北ではいまでも市役所として用いている。台北市内にはかつての日本統治時代の建物と思われるものがかなり残り、使われていた。台湾がかつて日本の植民地であったのに、いまも台湾の人びとは意外に親日的である、とはよく聞くことだ。会う人ごとにそのわけを微妙に尋ねてみたが、思ったとおり、「日本の後に来た蔣介石の国民党軍がもっとひどかったから」という答えが多数だった。「日本はあそこまで虐殺をしなかった」「台湾では韓国のように反日教育をしてませんし」とつけ加わる。

道路に建国とか復興という概念がつけられているのも珍しい。〈瀛車〉は自動車で、〈機車〉はオートバイ、〈火車〉が汽車であると教わった。檳榔《びんろう》という看板もやたら目につく。

これはインドでも売っているが、口に含んで噛むもので、歯をまっ赤に染めている人をよく見る。

三月二十日に四年ぶりの総統選があるので、民進党の陳水扁氏と国民党の連戦氏のポスターが町中に張られ、町角で宣伝チラシのかわりにCD-ROMを配っている。いまのところ勢力は伯仲しており、混沌とした情勢だそうだ。いかつい連戦氏が丸っこい体の副総統候補と仲良く手をつないでいるポスター。「これ、ゲイのカムアウトの政策?」と同行者がバカなことというと、通訳の人が爆笑してしまった。「大陸との政策がいちばんちがう」という。彼らの本音は「併合されたくはない。しかし独立したくもない」というところか。

台南へ飛ぶ。機上からは深い森が見えた。嘉義以南は熱帯だそうだ。台湾は九州より少し小さい国土に二千二百万人が住む。西側には平野があるが、東側は海まで崖が迫っている。山岳地帯には原住民(という言い方をする)が多く住む。

台南では土城《どじょう》小学校で行なわれる家郷愛護運動の大会に参加する。通訳は東京農大の博士課程を出、明折科技大学助教授の揚さん。体育館に着くと会議は始まっていた。参加者は全国の小学校の先生たちで、日本でいうと総合学習の中の郷土史教育のようなことを実践し、その成果の報告がえんえんとつづいた。

みな大熱弁でたいてい時間オーバーである。内容も、土地の歴史的建造物や寺や廟の調査、植生や昆虫のマップづくり、土地の木や草を用いての工作、土地の言葉の保護と学習、と多岐にわたり、立派なカラー印刷のパンフレットを持ってきている。先生方は放課後や休日までつぶして「家郷愛護」の活動をしているらしく、「他の教科はいつ教えてるんですか」と質問したくなるほどである。

台湾には長らく文字を持たない人びとが住んでおり、一時、オランダやスペインが支配し、日中混血の鄭成功が台湾を統一するまでは書かれた歴史がほとんどない。それを清朝が倒したが、清にとっては広大な領土の一辺境にすぎなかった。日清戦争後、日本に割譲され、戦後解放されたと思ったら、共産軍に破れて逃げてきた蔣介石が国民党政府を樹立して中国の正統権力であることを主張する、いわば住民不在の複雑な歴史がつづいたように見える。そこでいまになって、自分たちの地域の歴史を掘り起こし記録して誇りを持とう、という運動が上からの支援で行なわれているのらしい。

清時代、福建省から渡ってきた中国人を本省人、国民党とともに来た中国人を外省人といい、陳水扁氏は本省人、連戦氏は外省人を代表している。

今日のこの大会は国の文化建設委員会（文化庁に当たる）委員の丘如華女史が中心となって催し、教育部（日本の文科省に当たる）副部長の氾巽緑女史も挨拶に見えた。丘さんはゆったりしたいい感じのおばさんで、長らく台湾の歴史文化保存の先頭に立ち、みんなから尊敬されている。このお二人は前に来日されたときご案内したことがある。

土城小学校の子どもたちの発表は楽しかった。一つのグループは住民がどこの医療機関を利用しているか、なぜそこを利用するか、医療に関する不満や不安をかなり克明に調べていた。もう一つのグループは学校周辺の未利用地に着目し、持ち主になぜ使わないのか、売りもしないのか、どういう条件なら何に活用したいかということを突っ込んで調べていた。日本なら「差しさわりがあるから」と先生が忌避しそうなテーマである。そして生徒は王おばさんから土地を借りて菜園をつくることにも成功した。

その後も、小学生たちは近くの馬祖廟を案内し説明してくれた。はじらいながらの熱心な説明に感銘を受けた。さらに驚いたのは夕方、体育館の前庭に丸テーブルが並び、あっという間にピンクのカバーがかけられて、見ちがえるようなパーティ会場に変身したことだ。ウナギやエビ、カキのパスタ、マグロのグリルなど海辺ならではのご馳走が並ぶ。聞けばPTA会長が腕っこきの料理人だとか。なぜか、というかもちろん酒は出ない。リンゴとブドウのジュースで参加者は熱弁をふるい盛り上がる。

そのうちカラオケ一式が持ち出され、皮切りに校長先生が一曲歌う。誰も聞いていないが、気にせず宴はすすむ。酒なしとはいえ、小学校の庭でこんなことが許されるのか、と聞くと、他に会場がないから町の集会も結婚式もここでやるんですよ、との答え。発表よりも何よりも、私はこういう融通無碍な学校の使い方になんとも感心したのであった。

# 先住民族のおじいさん──続・台湾紀行

台湾にはそこここに、なつかしい、居心地のよい空間がある。

土城小学校で校長先生がカラオケを歌い出して三十分、誰かが「台南の町へ繰り出そう」とささやく。学校の先生たちの車に分乗して三十分、町へ。深夜、小学校の校庭を開けてのパーキングにも驚いたが、まだ夜はこれからとばかり、ライトアップされた孔子廟を見たり、巨大なカキ氷をたべたり、入口が五十センチほどのすきまで、わざとそこから入る「窄門《さくもん》」という喫茶店に入ったりした。

古い町を歩いていると突然、小さな寺の境内に出る。木立ちの奥の古い家は金細工の工房兼店。近くのおでん屋の親父がひょこひょことやってくる。

「この寺を壊すと知って住民は反対した。たしかに境内でヌードショーなんかやって荒れ果ててたけどね。でも僕はこの境内で遊んで大きくなった。子どもたちにもここを残したい。みんなで寺を再興し、ここでソーメンを作って食べたり、野外映画をやったり、奥にお店をつくったりした」

その結果、なんとも生きいきした空間が創出され、九時半というのに近所の子が遊んでいる。だって両親はまだ店で働いているのだもの。たしかにいつまでもいたいような場所だった。その夜、私たちは町の馬祖廟、すなわち宿場に泊まる。

次の日も朝から小学校で先生たちの報告がある。まあみんな熱弁で終わらない。人前で講演しながら着信音が鳴ると平気で「ウェイ?(もしもし)」と携帯電話に出る人もいて驚く。八面六臂というのか、吹き出してしまった。金門や馬祖、台湾というより大陸に近い所からも先生方は飛行機でやってきた。みんな見事なカラー刷りのパンフレットを携えて。どういうお金でつくるのですかと聞くと、他の予算からひねくり出して、とまたアバウトなことを言う。日本なら流用でつかまりそうだが、まあ結果よければというところか。パソコンから映し出される馬祖島は夢のように美しかった。

午後、近くの塩田村を見学した。炎天下、案内の盧建銘さんは、中肉中背のめがねをかけた人で、考え深げでもの静かだった。こういう男性も台湾にはいるのだ、と少しホッとする。

生物学や経済、都市計画を学んでフランスにも留学し、大学で教えていたらしいが、やめて地元NPOの理事長となった。ここは日本植民地時代に大日本塩業など二つの日本の会社があって製塩法を伝えた。敗戦で日本人が引き揚げたあと、台湾人が引きつぐ。近ごろは沿岸を工場地帯にする計画があり、塩田はずいぶん前から放置されていた。

盧さんはその工場化に反対し、粘りづよい運動を展開、政府から土地を無償で借りうけ、かつて働いていた人たちを再雇用し、塩田を復活したというのである。

「下に古い陶器のかけらを敷きつめてあります。その上に海水を導入し、天火で干し、うんと濃くなったら煮つめて乾かす。ほら、海のミネラルが十分に入って甘いでしょう」

と積み上げた塩をなめさせてくれた。

「かつての従業員宿舎はNPOの事務所、塩田歴史博物館、そしてここの自然の恵みを用いた工房に転用されています」

浜辺に打ち上げられる貝がらを使ったすだれ、流木や石を使ったオブジェや鳥の巣型のランプシェードを売っている。

「材料費はタダ。地域の若者のセンスを磨き、技術修得と雇用の機会を生み出しています」

彼は蝶や鳥や魚の名にも詳しかった。

「塩田の半分は野生動物保護区で、鳥やカニの観察に訪れる人もいます。ただ土壌に塩気が多いので草花はほとんど育たない」

すごい匂いがすると思ったら、最近近くの海で鯨がとれ、その解体をここでして、その肉や骨をもらったのだという。

「台湾人はここで働き、ほとんどの日本人は監督のため船で対岸から通っていました。事務所、映画館、そしていくつか日本人宿舎も残っています」

とこんどは建築の説明を始める。

ところであなたはＮＰＯで働くだけで生活できるんですか。

「いいえ、本業は太鼓打ち。各地のイベントのプロデュースや演奏で、もう今月は充分に稼ぎました」

とにっこり。にわかには信じがたい。夕暮れ、太鼓を打つ盧さんを取材に雑誌社が来た。真っ赤な夕陽の中で太鼓を打つ姿は、なんともカッコよすぎた。

台湾で社区総体営造《まちづくり》が盛んという、その実例をしたたかに見せつけられた気がする。台湾人は決断が早く大胆だ。私たちのように地域社会のボスの鼻息をうかがいながら、根まわしをして、慎重に完璧にすすめるのでなく、いいと思ったらすぐやる。それもアバウトに。それだからエネルギーの消耗が少ない。しかも土地が安い、あるいは政府からタダで借りられるので、ハードの大きな事業もやれるのらしい。かなりうらやましい話だ。

翌日、小型バスで秋月コーヒー店へ向った。ここは通訳の台湾大学院生アーロンこと陳永龍さんの友人で、鉄を用いるアーティストがやっている店だ。といっても山の中腹に鉄骨を立て、鉄板の屋根をかけただけの簡単な普請だ。なのにその景色のいいこと、軽やかで風通しのいいこと、しかもインテリアのおしゃれなこと。建築とはまさにこういう気持ちのいい空間をつくることなのではないか。お手洗いを借りると、熱帯乾燥林の山々が見渡せる。誰も見ていないとはいえ、こんな大きい窓を開けるとはなんと大胆な発想。

経営者の両親でパイワン族の夫婦がおられた。二人とも日本語を話す。すばらしい黒の民族衣裳で、おばあさんは少女のように帽子と額の間に黄色い花をはさんでいる。おじいさんときたら、カラヴァッジョのバッカスのような大きな花飾りを頭にのせている。

昼ごはん、山のごちそうはむしたアワ、山菜のあえ物、餅米、焼肉、イモなど素朴なものだった。中華風の調味料をいっさい用いず自然の甘味だけである。自家製のアワのドブロクや山葡萄のワインもどうぞ。

食事がすむとおじいさんは「いいものを見せよう」といって手作りの小刀を出してきた。刃の形、貝をはめ込んだ柄のこしらえ、革のさや、すべて自分で作ったという。

「さわってみるか」

さらに、おじいさんは鼻息で吹く二連のタテ笛を持ってきた。左は伴奏の一音、右でメロディを奏でる。演奏する姿はなんともいえずユーモラスだった。そばで手拍子を打つおばあさんが、「あんたたち、知らないの。これは日本の歌だよ」と馬車は行く行く——と唄ってくれた。満足そうなおじいさん、「この鼻笛でおくさん、もらった」

人間の交流の原点ではないかと思う。そこにしかないものを食べさせる。いちばん自慢できるものを見せる。自分の一番の得意技を披露する。私には自作の品も芸もないなあ。

おじいさんの名はバイラン、漢名は許坤伸、日本名は花井卓三というのだそうだ。おばあさんもペラン、金秀月、川村キミノ、それぞれ三つの名を持ち、ノートに書きつけてくれた。聞くところ少数民族は漢語もビンナン語も話せないことが多く、少数民族同士の共通の言語はかつて強制された日本語だそうだ。

この夜は紅瓦民宿というところに泊まった。清潔で、別宅での食事も、タニシやカタツムリ、ワラビの葉、オオタニワタリ、と大変おいしい郷土食だった。食後、近くの四重渓温泉へ行ってみよう。一見、水着・帽子着用のプールのようだが、発砲性の炭酸泉でいわゆる〝美人の湯〟だという。入口に「日本のプリンスが愛の時を過ごした」と書いてあった。チラシを検討すると、どうも高松宮夫妻が新婚旅行で訪れたらしいが、本当に「蜜月的史蹟」であるかはわからない。

翌朝、宿のおじいさんと会った。裏庭で檳榔《びんろう》の実を噛んでいた老人は日本語をぽつりぽつり話した。

「この辺はお米はないよ。山のサトイモ、栗をとったり、イモやアワを作ってたよ。日本人来て水田つくったよ。わたしが日本人といっしょに行ったのは十八歳、十九歳のときだよ。命令されたらそのとおりにするしかない。一分隊、二分隊、三分隊、わたしも同じ服装してテントと鉄砲持って歩くよ。六十キロしょって山歩くよ。とても走る、できないよ。敵がくれば、むりむり走る。どこから撃たれるかわからなくてこわいよ」

日本語はたどたどしい、けれどよく意味はわかる。かと思うとむずかしい言葉がひょいと出る。おじいさんは日本軍に同行した台湾義勇兵だった。

「船に乗ってどこか港についた。どこだかわからないよ。ジャングルの中に隠れて、バーン、バーン、ラクラク行ったものじゃないよ。けがしなくてよかったよ。その破片で怪我したり、味方に撃たれたり、台湾人も死んだ。日本の兵隊もたくさん死んだよ。かたいパン、携帯食糧あるけど水はないよ。みんないろんな病気かかる。マラリア、腹いたい、目いたい、頭いたい。でも台湾人暑いのつよい。ごはん炊くのに煙出さないようにする。敵に知れる。そのうちごはんなくなる。腹へっても二、三日食べなかったよ。山のサルと同じ、山のものとって食べた。苦しかったよ。ラクラクないよ。飛行機飛んでないよ。病院ないよ」

携帯の薬でどうにかしのぎ、ラバウルから船で日本へ、さらに終戦で故郷四重渓に帰った。ノートに書いてくれた彼の名前は杜順雄、日本名を高山というらしい。

「帰ってきたら、お父さんお兄さんお母さん、みんなどうしたかと思って涙出したよ」

獅子郷高砂義勇隊、これもノートに書いてくれた。その生き残りももうそんなにはいないだろう。こういう戦争へ行くのは名誉であると、日本軍は台湾原住民を優遇する宣伝映画さえつくった。

サヨナラというとサヨナラと手を振った。にわかに、この近く牡丹江で、明治五年十月、漂着した琉球人が三人、原住民に殺されたことを口実として、西郷従道ら三千四百人が報復に来たのを思い出す。二百六十年のパックス・トクガワーナを破る久方ぶりの対外侵略「台湾出兵」で、日清戦争以後、台湾が日本に〝割譲〟される布石となった。このとき日本側の戦死者は十二人、しかし熱中症などで五百六十一人が病死したと丘の上の碑に書いてあった。「台湾人暑いのつよい」という老人の言葉が耳について離れなかった。

# ゆふいん文化・記録映画祭

昨二〇〇三年五月、大分県の第六回「ゆふいん文化・記録映画祭」に行き、三日間、十一作品をたてつづけに見た。もう息をつめて見た。夏のゆふいん映画祭が劇場映画、いわゆるドラマ中心であるのに、こちらはドキュメンタリーである。

ミゼットプロレス伝説（野中真理子演出）

手筒（園八雲監督）

周防猿まわしの記録（姫田忠義監督）

未知への航海―すばる望遠鏡建設の記録（今泉文子ほか監督）

笑うイラク魂（吉岡逸夫監督）

映像叙事詩みちのおく―岩手より（松川八洲雄監督）

由布院源流太鼓（呉美保監督）

ウチの隣は超高層ビル─西新宿少年日記（西川啓構成）
流血の記録・砂川（亀井文夫監督）
草とり草紙（福田克彦監督）
掘るまいか─手掘り中山隧道の記録（橋本信一監督）

で、一つもはずれがない。この映画祭は湯布院町公民館で催され、作品は実行委員会が膨大な数のフィルムを見て選択する。こうしてみると時代も一九五六年から二〇〇三年とほぼ半世紀にわたり、十六ミリありビデオあり、カラーありモノクロあり、八十三分から三十五分、ベテラン監督の大作から、若い女性が一人でカメラを回したものまで、バラエティに富む。

そこに共通するのは、記録することの決意、映像表現への愛情である。国家の管理や世間の掟から少しでも自由に生きたいと願う人びとの異議申し立てのように見えた。

「ミゼットプロレス伝説」は女子プロレスの合い間に演じられる小人プロレスをテレビで放映したところ、「かわいそう」「見せ物にするな」といった苦情が殺到し、テレビから排除されていく。映像はその日常を映し、彼らの身体表現者としてのプライドやテレビに出て注目されたいという願望を描いていく。同情まがいの声で圧殺されるのは彼らの表現の自由だ。

「草とり草紙」は小川紳介プロの作品で、成田闘争を正面から描くのではなく、近くに住む老農婦の草をむしりながらのつぶやきをとらえる。おばあさんは作品の最初から最後までえんえんと草をむしっている。むしりながら長年つれそい、さいごは別れた夫の死を他人事のように話す。彼女にとってはそれこそ「ひとふりの刀ほどの値打ちもない男」である。男に抑圧された人生とその死による解放。しかしそれを何度も語ることによる彼女自身の生へのこだわり、草をむしりつづける行為に見える土へのこだわりが、強烈な抵抗力となって見る者を圧倒する。

「ウチの隣は超高層ビル」はNHKのドキュメンタリー番組。一九八七年、新宿に超高層ビルが次々建ち上がることによって隣町に何が起こるかを子ども集団の目から見る。

お上の計画でもある開発をスバラシイコトと考える大人たち。都市ができる、一等地になる、人が増える、便利になる……。しかし連鎖的な開発が始まると、地価が上がり、地上げがはじまり、子どもたちのクラスメートは次々と引っ越してゆく。あとに広がる空地。「ここには何が建っていたかなあ」、と消えればすぐ忘れられる建物、忘れられる住民。

一方、子どもたちはしたたかに、出来上がった高層ビルを使って遊ぶ。三角ビルの三つの階段で屋上まで昇る競争、高層ビルを使った鬼ごっこ、秘密の場所づくり。そんなに屋上から乗り出さないでよ、とひやひやしながら見た。

作品の選び方にまた湯布院町の人びとの、ここに「住みつづける覚悟」や「町を暮らしよくする意志」が感じられる。湯布院とは、かつて湯平《ゆのたいら》町と由布院町が合併してできたのであるが、土地の人はいまも「由布院温泉」と称している。たしかにこのほうが字面がきれいだ。

「ゆふいん」はよく考えると名所旧蹟もないし、駅に降りても何の変哲もない町に見える。四十年前、ここの若者たちは、「奥別府」と名を変えられそうになることに危機感を感じ、そのころまだ勢いのあった歓楽温泉別府とは違う山上の別天地をつくろうとした。観光馬車をのんびり走らせ、長期滞在型の健康温泉を目ざし、個人客を大切にし、地場のおいしいものを開発した。名所旧蹟のないぶん、由布岳の姿、湖に立ちのぼる朝霧に旅行者の目を向けさせた。

その結果、いまや由布院は「行って見たい場所」「泊まってみたい旅館」の上位につねにランクされるようになったのだが、それはたんなる観光開発でなく、「ふりかかる火の粉」を払うたたかいの歴史でもあった。最初は大切な由布岳の麓にゴルフ場計画があった。オーナー制の牛一頭牧場運動をはじめてこれに抵抗、ゴルフ場計画をやめさせる。その後も、山上の湿原の環境破壊に反対し、また日生台での日米合同演習に反対してきた。また、由布院の名が上がるにつれ、あとから進出するホテルや土産物屋に対し、土地の景観を壊させないための景観条例の設定も行なった。

もちろんなにごともスムーズには進まない。その行きつ戻りつも含んでの複雑な経験が、このような心のこもった映画祭の運営にも示されている。前夜祭には土地の「こども源流太鼓」が披露された。地区の青年たちが「幕内ながら、花のおん礼、申しあげまあすッ」と口上をのべ、一人一人の祝儀の紙が会場いっぱいに貼られた。翌日から幕間のロビーでは本やビデオが売られ、トークが行なわれ、コーヒーも飲めるし、スナックで小腹を満たすこともできる。昼はタイカレーが供された。これすべて住民の手づくりである。

私は感銘を受け、同時にドキュメンタリーというものに魅入られてしまった。


そんなところに「地方の時代映像祭」の審査をする仕事がきた。これは長らく神奈川県川崎市がやってきたが、諸般の事情で中止になったので、二〇〇三年度から埼玉にある東京国際大学と川越市の共催で続けられることになったという。夏の八日間、朝から夕方まで映像作品を見つづけた。結局、

グランプリ
「原爆の絵」NHKスペシャル
優秀賞　放送局部門

「水俣病　空白の病像」熊本放送
「千万人と雖も吾往かん―平成大合併・矢祭町の選択」福島テレビ
「消えたアリバイ―滋賀・日野町殺人事件」毎日放送
「通りすぎた十七年―空港拡張の悲哀」福井テレビ
「ウリハッキョ…民族のともしび」テレビ愛媛

と決まった。

どれも見応えのある作品だった。市民自治体部門の優秀賞は「牛房野のカノカブ」（東北文化研究センター）。これが全体のグランプリでもよいのではないか、と声が出るほどの出来栄えだった。東北芸術工科大学の六車由美氏と学生たちが、山形県尾花沢市牛房野の焼畑農業の方法と生活を丁寧に追う。映像も耕やす音、カブを噛む音まですばらしい。

「声にならない人びとの声」を記録しつづけている作家がいることに励まされる。「千万人と雖も吾往かん」は上から降ってくる、地域の実状と長い間はぐくまれた文化圏をズタズタにする自治体合併を描く。合併すれば「いい子だね」と政府から補助金の飴玉がもらえる。しかしどんなに庁舎の椅子や机がボロボロになろうと、自分は「日本人の故郷としての田舎を守る」といい切る矢祭町長をクローズアップする。

「通りすぎた十七年」。これも上から降ってきた福井空港建設への反対運動を追う。役人は勝手に線を引き、そこで田畑を作っていた住民から土地買収をはじめる。仲良く暮らしてきた住民が賛成派と反対派に分断され、口も聞かないようになる。そして十七年、どうやっても採算がとれない、として福井空港建設はこれも一方的に断念された。

新宿の高層ビルもスバラシイコトであり、空港建設も、政権政党の政治家やその子分である地域ボスたちにとってはスバラシイコトであり、知らぬうち「県民の悲願」にすり替えられてしまう。新幹線開通も、高速道路も本四架橋も「県民の悲願」であるが、いざそれが達成されると、むしろ環境は悪化し、地域は分断され、生活の質も低下する。闘争中に妻を亡くした福井のリーダーは「こういう運動は疲労感ばかり残る」とつぶやく。創造する運動はたのしい。しかし阻止する運動は、うまくいっても前と変わらないだけだ。

二〇〇四年六月、私はこんどはTVプロダクションの連盟であるATP祭賞の一部門の審査にもかかわらせてもらった。受賞作「原爆の夏　遠い日の少年」(テレコムスタッフ)には感銘を受けた。元米兵カメラマン、ジョー・オダネル氏がかつて個人的に撮影した「焼き場の少年」を忘れられずに、その少年を探しにくる。写真の少年は直立不動、ねんねこで赤ん坊をおぶっているが、すでに赤ん坊は背中で死んでいるのである。長崎の原爆とはもとより、国際法違反の無差別市民殺傷であるが、アメリカではいまだに原爆投下を正しかったとする人が多い。ばかりか半世紀後の今もアメリカ軍はイラクで新型爆弾で市民殺傷をつづけている。オダネル氏のように原爆投下にこだわりつづけ「戦争には勝者も敗者もない」と言いきるアメリカ人がいるということにかすかな希望をもった。

受賞式でディレクターの田口和博氏に会うと、この企画を通すのに四年かかり、完成したものの放映されたのはハイビジョンのBS-iで一回きりだという。ゴールデンアワーには人間性を貶しめるような番組が溢れているのに。「高齢のオダネルさんのことを考えるとハラハラしました」

こうなれば、地域でドキュメンタリーフィルムを見る機会を増やすしかない、と手はじめにわれらが谷根千工房で、「世界で一番小さい松川八洲雄映画祭」を開いた。ドキュメンタリー作家、とくに文化記録映画で高く評価される氏の作品をさがし、日比谷図書館から、「むかしが来た」「出雲神楽」「一粒の麦」の三作品を借りてきて、十人ほどでワイワイと見た。松川さんの作品はオーソドックスだが、どこかに「まつろわぬもの」への深い共感があり、ふつうに生きる人びとののびやかな哄笑がある。

その松川さんの作品「琵琶湖長浜曳山まつり」に二〇〇四年も「ゆふいん文化・記録映画祭」で会えた。これもすばらしい映画である。太閤秀吉の時代からつづく長浜の子ども歌舞伎。それはお上による教育ではなく、共同体のなかで子どもをまっとうに育てていく通過儀礼のように見えた。役をもらい、マンツーマンの世話役との練習によって、土地の大人との確固とした関係を築いてゆく。そして子どもは一人前になる。

それと似たことのように、映画祭のプロデューサーで元映画監督でもある中谷健太郎さんが、映画祭の前夜祭で乙丸神楽を演ずる子どもたちを気を入れて見つめていた。かわいらしいしぐさや小さなミスに拍手や笑いがおこる。が、中谷さんはその中で、「しっかり育ってくれよ」と祈るようなかんじで身じろぎもしなかった。地域を育てる抵抗の一つの拠点はここにあるのではないか、と思えた。

# 夜間中学というところ

夜、散歩に町に出ると都立向丘高校の電気がコウコウと点っている。息子の通っていた高校にも夜間があって、そのため彼の野球部の練習は五時で終りだった。グラウンドを夜の生徒に明け渡さなければならない。この町に夜間中学もあればいいのにな、と思う。

ゆふいん文化・記録映画祭で「こんばんは」というドキュメントを見た。これは、ゆふいん文化・記録映画祭のことしの十三作品の中で、いちばん印象に残った映画だった。

墨田区立文花中学校には夜間学級があって十六歳から九十二歳までの八カ国の人びとが通っている。森康行監督はここにドキュメンタリーで挑戦した。森さんはほぼ私と同世代で、谷中も多く登場する「下町の民家」をデビュー作に、「ビキニの海は忘れない」(一九九〇)、朝鮮人強制連行を扱った「戻り川」(一九九四)で高く評価されている。

「学校に来て、こんばんはというと、みんなの返事がかえってくる。その声を聞くと、今までの出来事がよいことも悪いことも悲しいことも、みんな消えて、学校に来れた喜びでいっぱいになってくる」と生徒の一人が書いている。

そんな学校がいま、ほんとうにあるだろうか。

映画は生徒一人一人の生活を描く。

貧しくて、徒弟奉公に出たまま学校へ行けなかった人。映画は「○○さんは小学校しか行くことができませんでした」というナレーションをいわない。「○○さんは十三歳のときから仕事ひとすじで生きてきました」というふうに語る。

在日の人も引き揚げの人もいる。六十、八十になって、はじめての学ぶよろこび。それを丁寧に助ける先生たち。国語の見城豊和先生は賢治の「雨ニモ負ケズ」を時間をかけて一行ずつ読みといていく。「一日ニ玄米三合ト味噌ト少シノ野菜ヲ食ベ」と先生が読むと、年輩の生徒が「食いすぎだよ！」とどら声でつぶやく。思わず笑うシーンだが、一日三合の玄米もとうてい口に入らない過酷な日々を、生徒たちは生きのびてきた。

夜間中学とは「過去からこれまでの日本の誤った国策により教育の場を奪われた人たち、現在の競争原理社会と学校に痛めつけられた人たちが、ようやく辿り着いたところ」であると、映画祭実行委員の平野美知子さんがパンフレットに書いている。

町工場の仕事を終えてから電車を乗りつぎ二時間かけて通ってくる生徒。暮らしから教材を理解し、先生の知らない豊富な経験を語りだす生徒たち。在日の生徒に「日本人として申し訳ない」とあやまる見城先生。真剣な、相互交流的な授業がつづく。

そんな学校がいまあるだろうか。

映画は不思議な展開を見せる。昼間の普通の学校に行けなくなってしまった少年が来る。人の前では言葉を発することができなくなった少年を、祖父母のような年の生徒たちがさりげなく受けとめていく。運動会もあればキャンプもある。仲間たちに食べさせようと巨大なサケのおにぎりをつくる年老いた男の生徒。

夜間中学にはアフガニスタン難民の青年も来る。なかなかヴィザが発給されない。級友だから救援しようとみんなで行動を起こす。

映画祭には四十二年間、夜間中学で教えてきた見城先生も来ておられ、その人柄への感動から、私は先生の書かれた『夜間中学校の青春』（写真小林チヒロ・大月書店）という本も会場で入手した。これは私にとって衝撃的な「学び」であった。

・いま全国には二百七十万人をこえる義務教育未修了者がいる。

・明治時代から時期によって名称を変えながら夜間小学校が存在した（これは私の地域史の聞きとりの中でもよく聞くことだ）。

・一九四二年には東京に八十一校の夜間中学があったが、一九四四年に空襲による停電や灯火管制で強制的に廃止された。

・一九四七年に主として教育現場の努力で再開され、見城先生が職についた一九六一年には零細な職場で働く十三、四歳の少年少女が通ってきていた（十三、四歳というと「金の卵」といわれた中卒者以前の年齢である。生徒の作文「学校を卒業したら、私はまた、ひとりぼっちで夜ふとんの中で泣いて暮らしていくのです」）。

・昭和四十年代になると、引き揚げ残留孤児などで就学機会を奪われた中高齢者が多くなり、日本語の習得は日本での定住・自立のために欠かせなかった。

・昭和五十年代には受験競争のはざまでの不登校の若年生徒がふえた。夜間中学とは「見せかけの豊かさのなかでの、人間喪失の危機とのたたかい」（見城先生）だった。

・いま夜間中学には「不登校の受け皿ではない」「経済効率が悪い」「高齢者は義務教育でなく生涯教育で学べ」「外国人は日本語だけを学べばよい」とさまざまな攻撃や締めつけがある。

私にとってショックだったのはことに次の項である。

・不登校生徒が二〇〇〇年の調査でも十三万四千人を超えながら、夜間中学へ来る若年生徒は激減している。なぜなら、中学校が「義務教育に留年・除籍はあってはならないとの建て前から、出席しなくても進級・卒業をさせるという指導を徹底していたから」である。

　実は私の息子も、ほとんど中学に行かずに卒業証書を手にした一人である。学校はほとんど連絡をよこさず成績表もくれなかった。それでも卒業だけはさせてもらった。

　すでに中学一年の最初に、「先生が不公平で論理《スジ》が通っていない」といい出し、学校に行かなくなった。最初は家を出て、学校へ行くフリをして、近所の公園や図書館などで時間をつぶして帰ってきていた。そのうち、昼夜が逆転し、昼すぎまで部屋で寝ていて、夜中、インターネットをしたり本を読むようになる。

　仕事持ちの母親である私は家でダラダラしている息子に耐えかねた。「馬の世話がしたい」という、少なくとも「したいことがある」点に賭けて、沖縄で牧場を立ち上げる若者たちに息子を託すことになった。その経緯は前にも書いた。

　「そんなにイヤなら無理に行かなくてもいい」と私は言ったが、見城先生のように「彼の学びを実質的に保障するにはどうしたらいいか」とは悩まなかった。まして「夜間中学へ通わせられないか」などとは思いつきもしなかったのである。東京にはわずか八校しか夜間中学はなく、私の周辺には影もなかった。

　その後、アメリカには公立学校以外に、地域で自主的につくったチャータースクールがあり、政府もその卒業資格を認定していると知った。しかし私は息子のために「もう一つ別の学校」をつくる努力もしなかった。日本でも公立夜間中学校がない地域で、二十校ほどの自主夜間中学がボランティアの手で開設されているという。しかし政府は卒業資格をいまのところ認めていない。

息子が不登校になったころのニュースでは、文部省は全国で中学生の四十二人に一人が不登校であると発表していたが、息子のクラスは二十四人中四、五人が不登校であった。数字はごまかされているのではないだろうか。これは東京だけの特殊事情ではない。沖縄や愛知の友人に聞いたところでは、田舎では両親が世間の目を気にして、子どもを殴ってでも引きずってでも学校に行かせたりしているらしい。

結局、息子は十五の冬に東京に舞いもどり、やっぱり高校へ行くという。「学校行ってバスケットやりたい」「だってあんたオール1じゃないの？　入れてくれる高校あるのかな」「いやあオール0でしょ。評価外だから」

目をまわしたが、このとき、私は成績ではなく、彼に中学を卒業するに足る学力がついているのかどうかを問うべきであった。結局、本人がインターネットで調べ、面接だけで入れる高校に入れてもらうことはできたのである。

「なんでお母さんは東京なんかで子ども育てようと思ったの。不登校になって、オレほんと行くとこなかった」

「図書館や博物館行ってたじゃない」

「あんなコンクリの箱、何が面白いんだ。沖縄では毎日、馬と裸で海で泳いでたよ」

「このへんはまだいいほうよ、六義園もあるし小石川植物園もあるし」

「塀にかこまれた、金払わないと入れないのは自然とはいわないよ」

そんなふうに責められつづけている。

その子が七月にアメリカへ行く。交換留学で向うの高校へ通う方法をみつけ、事務手続きもすべて本人が行なった。いままでサボりにサボった予防注射をバンバン打たれて痛かったのは予想外らしいけど、渡米を前にワクワクしているようだ。

昨年は上の息子が大学をやめて大工になった。大学は彼にとっても「真の学びの場」ではなかったらしい。ずっと野球少年であった彼は「ビルの中で蛍光灯の下でノート取るより、お日様の下で汗流す方がやっぱり好きだ」というのである。町で出会ってワラジを脱いだ大工の親方から学ぶことはもちろん、大学をやめたら、かえって建築や道具の本をよく読むようになった。

以前、息子が中学に通わなくなったころ、論楽社の上島聖好さんが「合わない服着てるみたいなんやろね、キュークツで」といってくれた。それで「合わない服はぬいでもいいよ」といい切るふんぎりがついた。

「年に十三万人をこえる不登校を生み出している小学校や中学校、十万人をこえる中退者を出している高校とは何なのでしょう」

と見城先生は書いておられる。

私は縁があって今年の四月から大学教員になった。「真の学びの場」へ導けなかった母親としての贖罪のようなものだ。「やめる学生を出したくない」「学ぶことの楽しさを共有したい」と思って通っている。新米教員は自信をなくすと『夜間中学校の青春』のこの頁を開く。

私は幼いとき
家が貧しかったので
学校へ行くことができなかった。
ずいぶん年をとってから
私は私の乗れる汽車をみつけた。
それは夜間中学校という鈍行列車
私の乗った駅は
荒川九中二部駅

（浅見タケ「鈍行列車」）

夜間学級はつぶしてはならないと思う。不必要な道路や建物に金をかけるなら、この国の人を育てるのに使うべきだ。合わない一つの服や靴でなく、いろんな形やサイズの服や靴を用意したいものだ。

# 根津「茨城県会館」始末

バブル経済が崩壊してもなお、東京都心の建設ラッシュは止まらない。地価が下がり、むしろ都心居住の要求は強まっている。遠くに一戸建てを買ってみたものの、通勤に泣かされる。短い一生のうち、一日三時間も往復にかけてよいものだろうか、とみな悩む。バブルのころ、ゼネコンの社長が、「子どもさんたちの豊かな成長のため、お父さんあと三十分、がまんして通ってください」と広告で述べていた。でも郊外のニュータウンでその後、神戸のサカキバラ事件はじめ、次々に子どもによる犯罪が起きている。

人びとが都心回帰をはじめれば、あれだけ丘をくずして造った栃木や茨城のニュータウンはゴーストタウン化するのだろうか。そして私たちの町のバブル後放棄されていた空地には次々とマンションが建つ。団子坂の上からはちょっと前まで谷中の森が見えたのに、いまや不忍通りのマンションにさえぎられ、その向うににょっきり、日暮里同潤会アパートを建てかえたリーデンスタワーなる二十八階の白いビルが見える。この建物は谷中墓地を散策していてもつねに視界に入る。まあ向うから見れば、眼下に墓地の緑が広がってい い景色なのだろうなあ。

旧中山道沿いにあった木造石張りの洋館もある日突然なくなった。根津神社S字坂上の、明治の末に内田百閒が住んでいたという下見張りの木造家屋も失せた。かなうなら一度は住んでみたい建物であったのに。町中のかけがえのない、好きな建物が次々壊されてゆく。

根津宮永町に茨城県所有の豪壮な屋敷があった。明治の終りに棟梁田嶋浅次郎が贅を尽くして建てたもので、広い庭があり、滝が流れていた。この辺り、明治から大正にかけて建てられた邸を戦後、持ちきれなくなり、旅館になって修学旅行の子どもたちを泊めていたところもある。いまや新幹線で来てホテルに泊まるようになり、それらも大方はマンションになった。茨城県職員が霞ヶ関に陳情などに行くさい、宿泊所として用いたこの建物は長く保った方だといえる。何代前かの知事はここがとても気に入り、「絶対壊さない」といっていたそうな。

知事は替わる。自治体は財政難である。水戸から上野まで特急で一時間、茨城県にとってみればもう宿舎は不要となった。都心の一等地の物件を売却して金をつくりたい。しかし上物は地域にとって見馴れた宝である。地元文京区にも買う余裕はない。というわけで、私たちは新しい保存手法を考えなくてはならなかった。

地域住民と東京芸大の建築、保存の専門家で「茨城県会館を活かす会」が結成され、四代つづいて池之端に住み、三代つづいて学者である宮本瑞夫《みずお》氏が代表を引き受けてくださった。茨城県へ働きかけた結果、保存を前提とする建築計画をコンペでつのることになった。いわゆる平地にしていちばん高く買うところへ落とす入札でなく、土地・建物合せて六億八三九〇万円と固定したうえで、「土地・建物の利用方法が町並に配属されていること」「隣地との間に防災上充分なスペースがあること」などを条件にしたものだった。「活かす会」はこれに支援、協力してカラーのチラシをつくり、建物と庭の保存・維持を前提とする入札者を探した。二〇〇四年一月末の締切までに十一社が応募、茨城県庁内に選定委員会が設けられ、二月十日ごろ、決定となるはずが延びに延び、三月二十四日、千代田区の㈱久保工に決定したと翌朝の新聞記事で報道された。

十一のうち、有力なのは二つであった。一つは学校法人来栖《くるす》学園、茨城県真壁町出身の方で、茨城県内と江戸川区で幼稚園などを経営している法人だが、「庭と増築部分以外の玄関棟、本館、蔵などの建物を保存し、歴史、文化を学ぶ研究施設とし、別に豊かな環境の中で子どもを育てる六十名定員の保育園をつくりたい」と名乗りをあげた。もう一つ、久保工は、「本館を引き離してレストランとして活用し、他の建物は除去して鉄筋四階建ての老人ホームを建てる」というものであった。

「活かす会」としては建物のほとんどが残る「保育園案」を応援していたのだが、久保工に決まったのは、茨城県によれば「二つの案を地元の根津宮永町会役員に提示したところ、役員は三十四対二で久保工の老人ホーム案を支持、県としては地元の意向を重視した」というものであった。

しかし私たちはこの選定方法にはどうしても納得できなかった。

一、選定委員は県庁内部の職員だけであり、町づくり、建築をはじめ外部の有識者が一人もいない。

二、この問題に早くから取りくみ、合意を形成してきた「茨城県会館を活かす会」は地元住民の会であるのに、その意向は重視されなかった。行政はあいかわらず、地元住民＝町会という考え方を一歩も出ていない。

三、根津には七つの町会があるのに宮永町会の、しかも役員のみの意見を聞いている。当該地は道をはさんで台東区谷中清水町があるのに、谷中側の住民の意見も聞いていない。商店街ほかの住民団体、文京区、台東区への打診もなかった。

こういうのは手続きとして非民主的としかいいようがない。

しかも、久保工はあらかじめ宮永町会からの要望にそった事業案を出している。たとえば、老人ホーム建設後は「同区・地域からの雇用を促進」し、町の活性化に役立てる、地域住民へ災害などに備えた「防災倉庫を提供する」などであり、どうもこれでお年寄りがほとんどの町会の役員たちの心は動いたようなのだ。

私たちはその後、町会役員をたずね、聞ける方からはお話をうかがってみた。どうも「地域住民を一部、優先的に入れる」「食料などの調達は地元の店で行なう」などの話もあったという。「大物議員が動いていた」「事前説明は丁寧にされずもう大勢は決まっていた」という町の人もいた。「近隣に保育園なんかできたらうるさくてたまらない」という声もあったらしい。瀬戸町会長は「根津は密集地、災害があった場合、保育園児に何かあったら大変です」という。

現在、文京区では老人ホームと同様、三歳以上の保育園の要望は強い。都心回帰、マンション建設により、共働きの若い家族は増え、保育園に入れない待機児童の数も増えている。町会のみを唯一の正式の住民団体とするなら、役員は土地に古い老人がほとんどで、若年家族、青少年、子どもの意見や要望はまず活かされないことになる。町会に加入している人も半分以下だというのに。

「活かす会」はこの寝耳の水の決定に対し、「買受先選定方法に対する疑義及び要望」を茨城県に提出したが、県より回答はない。私も個人的に茨城県に電話をかけてみたが、すでに選定委員会は解散した、担当者は人事移動で別の部署に移った、私は何もわかりませんという、きわめて不誠実な回答しか返ってこなかった。

一部マスコミの報道もひどい。三月二十五日付読売新聞の見出しは「明治建築保存の声実る」というとんでもないもので、しかも「活かす会」のメンバー仰木ひろみの「一部でも残してもらえるのはうれしい」などという事実無根のコメントが載っている。彼女は一年間、真壁町にも足をはこび、東京芸大で保存修復を研究する榊原晶子、中村文美さんらは茨城県庁にも赴いた。壮大なエネルギーを傾注してこの結果だから、保存運動二十年の私たちにも、深い敗北感が残った。

いったい地域住民の合意形成とは何だろう。

その後、久保工は、当初保存すると謳っていた玄関棟も「調査したら白アリ被害が多く使えないので破却する」といってきた。文京区の行なった調査報告にはそんな事実はみられない。こんどの老人ホームの設計者は若手で著名な隈研吾氏である。つてを求めて「活かす会」メンバーは隈氏にも会いにいった。すると彼は、一年間におよぶこの保存運動の存在やその経過についてまったくご存じでなかった。いや知らされていないようであった。驚いて「建物だけでは意味がない。庭を残さないと」といってくださった。

十月十五日、谷中大円寺の菊まつりに、来賓として来た保坂三蔵衆議院議員は、自分が尽力して根津の役員たちに谷中の前例を見せ、そのおかげで根津にすばらしい老人ホームができることになった、とぶちあげた。それが本当なら、やはり政治的な力が動いたことになる。谷根千スタッフの山崎範子は、あきれて帰ってきた。やっぱり「大物議員の根まわし」は本当だったのらしい。それとも政治家特有の「何でも自分の手柄」にしたくてそう言ったのだろうか。結局、「活かす会」では久保工に、解体した本館部材の保管を申し入れ、他日の再利用《リユース》を考えるしかなかった。

古い建物を壊して次々新しいビルが建つ。「ウンドーなんてダサイなあ」と思いつつ、私が保存にずっとたずさわってきたのは、建て替わって前よりよくなったためしがないからである。それは経験的な事実である。別に懐古趣味なわけではない。

今日も家の前の建物を壊している。その音で仕事がはかどらない。いつもいつも近隣で工事をしているので、心の安まる暇がない。壊すときに思う。この古いビルはアスベストを使ってはいなかったかしら。そして壊されたコンクリートの塊、鉄筋の多くはどうだ。これをどこに捨てにいくのだろう。

向丘二丁目交差点でも、なじみの焼肉屋と「天安」が消えた。焼肉屋はビルに戻るらしいが、あの安くてうまい天プラ屋はこの期に廃業だそうだ。

いったん建物が除去され、その向うの寺の緑が見えた。なんとのびやかな気持ちよい空間だろう。そう思ったのもつかのま、鉄骨が十五階の高さまで組み上げられ、ものすごい工事音がひびき、空はまた狭くなった。

南北線本駒込駅から一分である。駅ができて便利だ、とちょっとは思った自分がうらめしい。駅ができるということはまさしく、まわりにマンションが建つということに直結していたのだ。

茨城県会館跡も更地になり、鉄骨が組み上がる。ここに古い木造建築が建っていたことなんて、私たちの世代がいなくなったら、いやあと何年もすれば、忘れ去られてしまうだろう。

# 銀座の難問

丸の内で会合があり、終わったあと中央通りを有楽町に向い歩いた。驚いた。両側すっかりブランドショップ。電線のない緑濃い通りを首からIDカードをぶらさげた黒いパンツの女性が闊歩する。わぁ、カッコいい。

歴史的建造物であり、オフィスビルの代名詞である大正十二年の丸ビルが壊され超高層化されるさい、反対した私としては複雑な気分だ。しかし、このへんの地主である三菱地所は丸ビルをオフィスビル街からアミューズメントパーク化するのに成功し、地方の金持ちの奥様方が新幹線で東京駅に着く。目の前が丸ビル、お買物しておいしいもの食べて、という流れになるだろうことは女性誌総ナメのキャンペーンで分かっていた。

しかしさらに中央通りのこの賑わいはなんだ。昔、「丸の内のOL」というと一流企業につとめ、果ては社内結婚することが羨ましがられたが、丸の内そのものは働くにはつまらないただのオフィス街であった。「大手町には妊婦は似合わない」と大企業の社長が平気で公言し、結婚・出産退職制度が当り前に実行されていたが、なんという変わりようだ。

労働者という言葉は似合わない。昼には手頃でおいしいランチの店、食後は丸の内カフェで読書を楽しむ。丸ビル地下の立ち飲みバーにも女性がいっぱい。制服を着て補助業務というような女性は少なくなった。通りにはパブリックアートが設置され、詩のイベントも行なわれている。

どこかがよくなれば、どこかが沈む。丸の内が集客すると、その分、銀座や日本橋は大丈夫だろうか。心配になって歩いて見にいった。美しい新しいビル群から有楽町のガード下をくぐると、あいかわらずホーロー看板を掲げた食堂ががんばっている。店内には石原裕次郎や丹下左膳のポスターが貼ってある。

これが私の原風景にある有楽町だ、といささか心なごむ。しかしマリオンの裏手の生ガキのおいしかったレバンテやタイスキのコカレストランも閉じて、この一帯、再開発され「丸井」デパートになるらしい。戦後を残す都市空間がまた一つ消える。

「銀座街づくり会議」の主宰するシンポジウムに招かれた。建築家の槇文彦、團紀彦、サヱグサの社長三枝進氏とご一緒だった。

「銀座は日本の繁華街を象徴する街です。その銀座の辿ってきた歴史、現在抱えている課題は、日本の街、都市の歴史の課題そのものです」

とチラシにいう。銀座はその名のとおり、江戸時代の埋め立て地にできた銀貨の鋳造所に発祥する。近代になっても、ある時期までは日本橋の方が格も地価も高かった。かつて銀座は一丁目~四丁目までしかなく、いまの五丁目~八丁目は瀧川町、八官町、出雲町、などと呼ばれ、むしろ「新橋」の名の方がステータスが高かったことは、七丁目の資生堂がかつて東京新橋資生堂と名乗っていたことからもわかる。

新橋は鉄道発祥の地で、西洋の文物が東京にはじめて入る港であり、有数の花柳界でもあった。全国に何々銀座とつくほど繁華街、目抜き通りの代名詞となったのは、大正モダニズム以降、モボやモガが柳の通りを〝銀ブラ〟しはじめたころからかもしれない。

私の育った昭和三十年代にも、この言葉はまだ生きていて、父に銀ブラに行こう、と誘われるのはウキウキするものだった。上野と室町で都電を乗り換え、ワシントンで靴を買い、街頭写真に写され、街頭テレビで力道山を見た。運がよければ資生堂パーラーでアイスクリーム、叔母は和光に勤めていた。

銀座の第一のよさはそうした懐かしい老舗、名店が多いことである。しかし洋書のイエナ書店が閉店、成瀬巳喜男や溝口健二を観た並木座も閉館。昭和五十二年、大学を出てすぐ裏町のPR会社に勤めた帰りによく通ったビアホールピルゼンやシャンソニエ「銀巴里」はビルごと解体された。その一方で、みゆき通りや西五番街にはシャネル、ルイ・ヴィトン、バーニーズなどが進出して様変わりもはなはだしい。

これは悪いことども言いきれない。欧米のブランドショップは景観への配慮や店のデザインについては意識も高く経験も積んでいるので、ともすれば「アジア的混沌」にあぐらをかいて路上にゴミ箱を放置するような飲食店が並ぶよりは、見た目ははるかに美しい街になってきた。

しかしブランドショップをのぞいても人影がない。こんなに客が少なくて店がやっていけるのは、よほど原価と上代がかけ離れているのか、アンテナショップとして本店の余力で出しているのか、と想像がふくらむ。ともあれ、ブランドショップ叢生のかげで「白牡丹」がひっそり閉店したのなどは東京っ子としては嘆かわしいのである。「英国屋」や「ヨシノヤ」にはがんばってもらいたい。

店は「そこに在る」ことに意味がある。といっても私は白牡丹の顧客でなかったから大きなことはいえない。新橋ぎわの「橋善」がつぶれたのはショックだった。かき揚げ天丼がおいしかった。森鷗外も妻や娘を連れて通った店だった。その隣の「天國《てんくに》」はまだやっている。「天國」で聞くと、「バブル期に表通りに百坪くらい持ってるだけで固定資産税が六千万でした。月五百万払わなけりゃならない。うちは昼に千円の天丼に行列ができますが、これは商売というより社会奉仕みたいなものですね。ビルにして上をオフィスで貸しているのが商売です」

天國の以前の建物は複雑な妻入り総檜造り雁行の見事なものだった。建て直すとき相当悩んだという。しかしビルにしたおかげで天國は生き残り、しなかったことで橋善は廃業したのかもしれない。もちろんどの店でも廃業には資金ぐりや後継者などさまざまな要因があるが、この固定資産税がどうにかならないかと思う。

百年以上つづいた店を「老舗」とよぶのはそれだけ顧客に愛され、必要とされているからである。建物に歴史的価値があれば、国の重要文化財で七割、登録文化財で三割などと固定資産税が免除されるシステムが整いはじめているが、よし建物が建て替わったとしても、百年以上つづく老舗の固定資産税は半額ぐらい免除したらどうでしょう。小泉内閣が都市再生をうたうなら、いまのような弱肉強食の「レッセフェール」に任せるのでなく、そんな「経済特区」こそ試してみるべきではないか、と言うと、銀座の郷土史家としても知られる三枝進社長は、「森さん、あちこちで声を大にして言ってくださいよ」と喜んだ。

明治時代、毛布というものをはじめて輸入し、スモッキングの子供服を流行らせた用品「サヱグサ」はいまも七丁目にしゃれたハーフティンバー山小舎風の店舗を持っているが、事業はやはり服の売り上げより貸ビル業にスライドしているという。

明治以降、ハイカラなものは何でも銀座だった。山田風太郎の「地の果ての獄」の主人公、幕臣にして懲戒師、原胤昭《たねあき》が開いた「十字屋」はCD店に、キリスト教書籍の普及につとめた教文館も貸ビルを主として生きのびている。しかし和光や資生堂やライオンのビアホールやアンパンの木村屋がない銀座なんて、私には想像できない。

銀座のよさの第二は、表通りがペンシルビルこそあれ、ほぼ高さは揃っていることである。今出来のビルは周囲に公開空地をとってまん中を超高層化してしまうから街並の連続性が失われるが、銀座はびっしりと連続して、一足二足踏むごとに違う店の違うディスプレーを見ることができる。退屈しない、刺激に満ちた街なのだ。

銀座のよさその三は、表通りの美しさとは逆に、裏には路地があり、そこには庶民的な中華屋やバーや天プラ屋やそば屋がひしめいて、嘆きやため息も洩らせるような薄暗い空間が息づいていることである。八官神社や幸稲荷や金春湯がある。表と裏の使い分けが実にみごとなのだ。

いま、六丁目松阪屋を壊して、森ビルが超高層を計画している。森ビルは私のみるところ、東京各地で土地を投機の対象とし、生活の豊かでない人びとを都心から追い出し、各地の景観を壊し、オフィスビルを叢生させてきた会社である。いくら六本木で文化を謳っても基本的にそうだ。

「銀座街づくり会議」のチラシにいう、

「今、東京都心には「都市再生」の大きなうねりが押し寄せ、その波が銀座にも打ち寄せています。銀座の将来像がどうあるべきか、銀座は真剣に考え始めています」

「遅かりし由良の助」じゃないかなあ。これほど文化資産をもった銀座、いや上野でも、長らく町の資産を掘り起こし、記録し、何が宝かを振り分け、保存、再生、活用しようという本格的全体的な動きはいままでなかったように見える。非常時になってからあわてててもダメで、もっと早くから平時の戦いをすすめておくべきだった。

どこの中心商店街もそうだが、自らの商売が最優先で、連携するにはプライドだけが高い。若者などアイデアをもつ新入者を入れるには保守的で、お金があるわりにはケチだった。賃料を高くとれるところに貸して、町には何の愛着もないテナントの雑居ビルがふえた。たまに学者や専門家のお知恵を拝借するだけでは何も動かないだろう。

銀座でやってほしいことは「旦那衆の復活」である。昔、まだ過密ビルでなかったころは人の顔が見えた。天狗煙草の岩谷松平みたいな奇人も、精錡水の岸田吟香みたいな発明家も、若い絵描きや作家を育てようという太っ腹な旦那も、不況になれば「お助け普請」を発注して大工や左官など職人を食わせていた。三味線をペンと鳴らし一中節のひとつくらいうなり、俳句をひねる旦那も多数生息していた。その名残りのような「旦那」はいまも多少いらっしゃるけれど。

銀座の旦那衆が森ビルの計画を許すのか、私は固唾を呑んで見ている。

そもそも土地は誰のものなのか。

「偖《さて》此大空大地を製造する為に彼等人類はどの位の努力を費やして居るかと云ふと尺寸の手伝もして居らぬではないか。自分が製造して居らぬものを自分の所有と極める法はなからう」と、かの漱石先生の猫ですら分かっていたのに、私たち人間はおろかしくも土地を私有し、そこで最大限の金もうけをたくらむ。

土地問題の難しさはみんなが「被害者であって加害者という一人二役だから」（司馬遼太郎氏）というアポリアも、東京で一番高い土地の、老舗の主人でありオフィスビルのオーナーである銀座の旦那たちこそ深くかみしめてもらいたい。テナント料を払えなくても若いアーティストや起業家を支援していくシステムも必要だろう。

今日も和光の時計を見上げてため息をつく。インド人らしき夫妻がとなりで「ハウ・ビューティフル」と声を上げていた。

# 小樽への旅――あとがき

列車はどこからか海沿いを走る。夕方の海が青く煙っている。北海道大学での一コマの授業を終え、六時四十四分の小樽行に乗った。学生たちとの応答を思い返してみる。

建物をなぜ残すか。私は二十年来考えてきた、といった。

好きだから。美しいから。

自分の思い出がそこにこめられているから。

古い建物のない町は落ちつかないから。

歴史的建造物をつくった人びとへの敬意から。

建物は時代の証言だから。

我ながらさしたる根拠はない。迷いながら、これは本当に残すべきだろうか、残したあとも関わり、責任をとっていくことができるか、悩みながら二十年来、保存、再生、活用の活動にかかわってきた。

これに対し学生からは、なぜ残す必要があるのか、という問いが出された。

土地利用上もったいない。

古い建物を維持するのに税金が使われる。

残すのは地域住民のエゴではないか。

何もかも保存では建設業界がもたない。

新しい建物も町には必要ではないか。

形あるものはいつか壊れるのが自然。それでも文化は残るはず。

保存なんてゼロ成長時代の余裕ではないか。

耐震など安全面で問題はないのか。

これらの論拠をある面では正しいと思いながら、論点を深めて考え、それをのり越える手立てを説明した。

しかし若い学生たちは同時に次のようなことも言ってくれたのである。

古い建物があった方が知らない通りでもなんとなく安心して歩ける。

教科書の歴史でない、手ざわりのする歴史が学べる。

古い建物にむしろ新鮮さを感じる。

新しいビルだらけの東京は威圧感があって、できれば行きたくない。暮らしたくない。

メダカを釣った小川がなくなり、マンションが建ってがっかりした。

旧来の商店街の方が駅前再開発ビルよりにぎやかで活気がある。

古い建物はコミュニティの精神的核として重要である。活用して維持費を捻出していけばよい。


こうした意見もあって、私は励まされるような気がした。

最近、保存を文化や歴史的価値の問題というより、むしろ私たちを包む環境の面から考えるようになった。新しい建物ばかりがつくられた町では、人間の心が壊れていくような気がする。ニュータウンでの少年犯罪、ガラス張りの超高層オフィスでの会社員のうつ病。そうした環境としての建築や町について、もう少し注意を払われるべきではないか。

同時に、新しく建てる建築が稀少な環境を食べつづけるという側面もある。壊せば膨大なコンクリートや木のゴミが出、建設残土が出る。そして新しい建物をつくるのにまた資源を用いる。いくらエコ調達、グリーン調達などといってもコンクリートパネルが熱帯雨林を破壊しつづけているのは確かだ。壊さずに直して使うことが、人類の延命につながるのではないか。直すことに建築家や建設業者は喜びを見出すべきではなかろうか。

そんなことを考えているうちに小樽に着く。駅のホームには小さなランプが柱ごとになつかしい光を放っている。駅舎そのものは上野駅に似ていて、正面にも無数のランプが輝いている。

出迎えの灯のように感じられた。

今回、私の来るきっかけをつくってくださった尊敬する峰山冨美さんが、ホテルのロビーで待っていてくださった。最初に「全国町並みゼミ」でお会いしたときは二十年近く前、お互い六十代と二十代の終りであったはずだ。つやつやと血色のいい峰山さんは「もう九十一になりましたよ」と笑い、ステッキを持って、お寿司でも食べましょう、と立たれた。

「これですたすた歩ければ申し分ないんだけれど、一人暮らしだものね。できるだけ人に迷惑かけないようにしているの」

小樽運河保存の話をぽつぽつと聞く。小樽運河を埋め立てる話が出たのは一九七三年、私が大学一年のころだ。すでに小樽の海運業は廃れ、使われない運河はドブのような異臭を放ち、「埋めてしまえ」という行政の計画が出されるのももっともな状況だった。

「いいや、運河は大切、といって昭和五十年、六十歳のときに始めたのよ。男の人は埋め立て反対と思っても、こういう古い地方都市では表だっていえなかった。私たち女だから表に立つことができたのよ」

六十から始められたんだから、女はあせることはない。若いお母さん、いま子育てに手を取られていても大丈夫よ、そのうちきっと何か出来るから。

「それでもいまだに私は小樽では〝行政に楯ついた女〟であることに変わりはない」

寿司屋のおかみさんが声をかける。

「峰山先生じゃありませんか。本当に、峰山さんのおかげで小樽の運河は半分残ったんですもの。こうしてたくさんの人に来てもらって」

全国の町並み運動ではもちろん、小樽でも象徴的な人物なのである。

「なんも、こんなにたくさん来なくたっていいんだ。年間九百万がこのところ減ってるというけど、静かでゆっくり見てくれた方がいいっしょ」

と峰山さんの話はゆっくりで、その言葉のアクセントが、かつて北海道人と結婚していた私にはうれしい。

「ただ、なぜ残すのか、その精神的なものを私は追求してきたつもり。やっぱり小樽はこの運河でもっていたのよ。大正の末から昭和の初めにかけて、ウォール街といわれる銀行建築ができた。辰野金吾、曾彌達蔵、佐立七次郎、コンドル先生の最初の弟子四人のうち三人までが小樽に大した建築を残している。その一本裏には、商店や問屋街もある。小樽の小豆は粒よりで、ゴミがない、とロンドンの相場を左右するほどだった。そりゃそうよ、六千人の女たちが運河沿いでいっしょうけんめい働いて、商品の選別、品質管理をしてたのだもの。運河は小樽の一番の誇りだったのよ」

ゆっくりと店の階段を降り、タクシーで町を回った。石造りの建物があちこちでライトアップされている。辰野金吾の日銀小樽支店、曾彌達蔵の三井銀行は軒の装飾が繊細で、気品のある建物だ。坂を下った。

「運河はこの倍くらいあったんだけどねえ」

と峰山さん。夜の運河にはまだまだたくさんの観光客がいる。人力車が客を引き、記念写真をとる人も働いていた。

「この拓銀に小林多喜二が働いてたのよ、私そのころの小樽を知ってる」

峰山さんは八歳のとき小樽に移り住み、昭和八年、女学校を出て三菱商事に入社した。

「ここよ。二年ほどつとめた。給料はよかったけど、お金の勘定や伝票の整理でねえ」

峰山さんは昭和十年、小学校の教師となり結婚後も十年ほどつとめていた。夫の巌氏は考古学者で、国指定の小金遺跡の発掘、研究の中心を担った。

「子がない夫婦がどうやって生きていくか、考えたのよ。彼は小金遺跡、私は小樽運河、二つ残せたからこれで勘弁してもらおうかと思って」

峰山さんが運動を始めたころ、全国町並みゼミへ行くにも、安い航空券はなく、一回の参加費用は十五万もかかった。

「だから気安く人を誘えなくてねえ。私一人行くのだから、なるだけ勉強して、帰ったらみんなに伝えようと必死だった。行っておいで、といってくれた主人にはいまだに感謝してるわ」

その九つちがいのご主人も亡くなられ、いまはひとり。

「ただ生きてるのは意味ないね、明確な考えがないと」

といい切る。これから小樽に生きた女たちの歴史を書きたいという。

「谷根千は手に見える町のサイズ、それがいいね。みんなの声が聞こえるでしょう」

そう私の手を叩いて、また会いましょうと別れた。

「プライド・オブ・プレイス」。土地の誇りをめぐる本を閉じるに当り、最良の方に再会することができた。

このタイトルにしたいという気持ちが固まったころ、この英語には「高慢」をときに意味すると辞書にはあった。気になって二十年来の友、歴史学者ジョルダン・サンド氏がぶらりと寄ってくれたとき、聞いてみた。「一番の地位、というような意味はあるけど。この言葉自体、まったく悪い感じはないよ。ローカル・プライドというのが一般的だろうけど、それじゃあタイトルとしてはパッとしない」というのが彼の意見だった。

「プライド・オブ・プレイス」という言葉を小耳にはさんだのはどれほど前だろう。それこそ峰山さんやジョルダンと知りあったころだろうと思う。自分の町でのつたない経験を話にいくと、必ず、「谷根千はいいけどうちの町はとりたてて」「とくに自慢できるものもないし」とみな湿っている。「森さんが自分の町をいいと誉めるのは、他のよくない東京へ対する差別じゃありませんか」とまでいわれた。

何いってるの? 谷中、根津、千駄木だって、以前は、寺町で不気味、抹香臭い、地価が山手線中いちばん安い、谷底の元遊廓のあった町、近代化に乗り遅れた町とか、自己評価はさんざんだった。住民にまるでプライドはなかった。それらを一つ一つ反転させ、プライドを少しずつ貯えていくためにどれほどみんなで働いたと思っているのだろう。

ジョイスもプルーストもカフカもガルシア゠マルケスもソローも、優れた文学の多くは、土地への愛を主題としている。沖縄やアイヌ文学をのぞいて日本にそれが希薄なのは、土地を奪われ、言葉を奪われたことがないせいなのかもしれない。いや、小林多喜二も宮沢賢治も、流れ者の林芙美子だって、土地への愛をうたっているように思える。

「私はここにいる。私がいるべきところに」(イサク・ディーネセン)

人はどんな土地にも住む権利がある。しかし実際には、たまたまその土地と遭遇したり、あるいはたまたま代々住んできたにすぎなかったりする。しかし、それはその人にとってただの空間《スペース》ではない。住むことによって、そこはかけがえのない場所《プレイス》になるのだ。

## 著者略歴

（もり・まゆみ）

1954 年東京都文京区動坂に生れる．早稲田大学政治経済学部卒業．作家．地域雑誌「谷中・根津・千駄木」編集人．最近の著書に『彰義隊遺聞』（新潮社）『東京遺産』（岩波新書）『森まゆみの大阪不案内』（筑摩書房）『「即興詩人」のイタリア』（講談社）『昭和ジュークボックス』（旬報社）．その他『谷中スケッチブック』『不思議の町・根津』『「谷根千」の冒険』（ちくま文庫）『鷗外の坂』『明治東京奇人傳』（新潮文庫）『とびはねて町を行く』（集英社文庫）『一葉の四季』（岩波新書）など多数．みすず書房からはエッセイ集『寺暮らし』『その日暮らし』『にんげんは夢を盛るうつわ』が刊行されている．

森　まゆみ

プライド・オブ・プレイス

2005年8月 8 日　印刷
2005年8月18日　発行

発行所 株式会社 みすず書房
〒113-0033 東京都文京区本郷5丁目 32-21
電話 03-3814-0131(営業) 03-3815-9181(編集)
http://www.msz.co.jp

本文印刷所 三陽社
扉・表紙・カバー印刷所 栗田印刷
製本所 鈴木製本所


ISBN 4-622-07151-7
落丁・乱丁本はお取替えいたします

| | | |
|---|---|---|
| アジア海道紀行<br>海は都市である | 佐々木幹郎 | 2835 |
| やわらかく、壊れる<br>都市の滅び方について | 佐々木幹郎 | 2625 |
| 遊園地の木馬 | 池内紀 | 2100 |
| 無口な友人 | 池内紀 | 2310 |
| 時のしずく | 中井久夫 | 2730 |
| 家族の深淵 | 中井久夫 | 3150 |
| アリアドネからの糸 | 中井久夫 | 2940 |
| 清陰星雨 | 中井久夫 | 2625 |

（消費税 5%込）